U0891908

另一种飞翔的方式

未来文学家

菜市场里的老虎

The Invisible Tiger

李唐 著

北京出版集团
北京十月文艺出版社

目录

动物之心

一

真不知道这样的日子何时能够结束。他躺在仓库顶棚的天台上，闭目养神。此时，初生的太阳光正一点点将天空上的云絮渗透，接着便开始渗透他的眼皮，仿佛一滴滚烫的油滴入他的眼睛。但是，他并没有感觉到灼烧感，几乎极致的光亮让他一瞬间有一种接近天国的体验，当然，他是没有见过天国的样子的。他睁开眼睛，天国的光亮消失了，取而代之的是耀眼却普通的阳光。他晃了晃脑袋，听到麻雀叽叽喳喳。

新的一天开始了。在他生命中的某一个阶段，他是如此热爱新一天的朝阳，因为世界在这个时刻会变得新鲜而洁净，仿佛有什么咒语将前一天的污垢与疲惫都一扫而光。他走下台阶，来到院子里，深呼吸，一阵不可抑制的动物气息迎面而来。

现在，他对这种气息已经习以为常了。而在最初的日子里，他简直无法忍受这种味道。这并不是单纯层面的难闻，而是有某种特别的意味在里面，至于具体是什么，他也说不清楚，他只是总会产生这么一种感觉：那种气味包裹着他，溶解着他自身的气味。因此，他有本能的抗拒，但又有什么用呢？他来到这里工作，毕竟是正式签了合同的。有了合同，他就跑不了。想到这儿，他觉得头顶的阳光暗了一下。

他所在的地方是一间废弃的仓库。仓库并不大，三面是库房，一面是大门。库房分为上下两层，每层还分为好多隔间。他不知道以前这里是干什么的，安放的是什么东西。

可能是金属零件？或者一台台机器？或者是木头加工厂也说不定。不过，这一切都只是他的猜测，当他刚到这里时，往昔的痕迹早已被抹去了，他面对的仅是空荡荡的、看不出用途的库房本身。跟随他来的老板对他吩咐着未来的工作，尽管声音很低，但回声依然在四周回旋不已。

库房的二层有一处天台，此时正值炎夏，他在天台搭了一个简易床，就睡在天台上。夜晚的风混合着动物那难以言说的气息，钻进他的鼻孔，甚至钻进他的梦里。很多次，他梦见自己置身于荒凉的原始丛林中，没有路，四周都是茂盛的植物，就连阳光似乎都是狂野的。他艰难地跋涉在丛林中，开辟道路。色彩缤纷且体形硕大的鸟类在他头顶啼鸣，巨型动物的身影在树木间时隐时现，却怎么也看不真切。

无边无际的丛林、沼泽、虫鸣、雨水，令他狼狈不堪。他身上的衣物早已破烂成条状，他的毛发也如植物般繁茂。简直与野人无异，在梦中他痛苦地想，这样的跋涉究竟是为了什么呢？他也说不明白，有时他想自己是不是只是在兜圈子？

还好那只是一个梦。他睁开眼，就回到了人类搭建的库房的天台上。他眺望远处，依稀还可以看到其他人类的建筑。世界如常。虽然这里是郊区地带，很少有人经过，但还不至于变成原始森林。夏季的光焰烘烤着他的皮肤，身上的背心牢牢地贴在皮肤上。

平静的一天，说不上期待，也说不上痛苦。那个梦让他的睡眠完全丧失了休息的功能，此时他感觉浑身酸痛，仿佛真的刚刚是在丛林中奔逃。他摸摸下巴——只过了一夜，坚硬的胡楂就生长了出来。他走到仓库的洗漱间里，对着昏暗的镜子。镜子里的人显得很疲惫，眼袋松弛，黑眼圈也很严重。镜子有些模糊，上面蒙着一层沾手的灰尘，还有几道似乎被利器划出的白色道子。他抚摸着镜面上的伤痕，心想究竟发生过什么呢？是什么人将镜子破坏成了这个样子？这些痕迹使镜子中人的相貌多少有些失真。

洗漱间很脏，破旧不堪，但日常的东西基本还能使用。他拧开水龙头，并不清澈的、有一股金属臭味的自来水流淌出来，打在水池子里，发出清澈的回响。墙壁上的瓷砖大多都已剥落或残缺不全。他洗了把脸，稍稍打起了精神。

他朝饲养室走去。

二

那些动物们似乎在休眠。即使是在白天，牢笼内依然昏暗不明。房顶的白炽灯早就失去了作用。他贴着其中一间饲养室的铁栅栏，往里看。他可以感受到里面涌动着的动物的气息，但他看不清楚究竟是什么。黑暗中，他只能模糊地看到有活物在晃动。

那些人隔一段时间就会来，给动物清洗身体，并且留下足够的食物，装在一个个铝制圆桶中，贴上饲养室的编号。工作很简单，他只需要每天按照时刻表上的规定，将食物送进相应的饲养室中即可。他甚至都不用打开栅栏门——每扇铁栅栏上都会开有一个小门，刚好可容下圆桶的体积。他只需要将装满食物的圆桶往小门里一推，再将门锁好，就大功告成了。

饲养室内的动物并不固定。那些人会将一些动物带出去，又会将一些动物送进来。刚来的时候，他曾看到过几次。那些人牵着长颈鹿、大象、狮子，甚至是猎豹行走于寂静的仓库的院子里，穿过午后的阳光，朝大门口走去，或是将它们带进仓库里。他想，如果这是发生在市区里，一定是可以引起围观的景观，但这里是如此荒僻，一切都进行得十分安静而隐秘。

后来，他干脆连看也不看了。他喜欢这个天台，进入夏季后，他简直不愿意从这里离开。两旁树林中产生的凉爽的风轻轻地吹拂着这里，将他的身体吹得格外清爽，像是蜕皮中的蛇，找不到一滴汗渍。他靠在躺椅上，眯缝着眼睛，听着下面传来各种纷杂的脚步声（那里面有人的也有动物的，每一步的长短、轻重也都不尽相同），以及动物偶尔发出的鸣叫。总体而言，一切都是在沉默中进行的，甚至有些过于安静了。他从未听过那些人彼此交谈，就算有交流，也只是某种简单至极的音符，仿佛用的是一种非人类的动物语言。

那些人——他也不知道究竟是些什么人，他们与他好像从属于两套独立的系统，彼此很少交集。他们每次来，都戴着白口罩、白帽子、白手套，穿着农场工人那种严实的夹克外套。他们视他为无物，只专心于自己的事。第一次见到他们时，他有点毛骨悚然，不过很快就习惯了。到后来，只要他们一来，他就会到天台上休息，将一切都交给他们。

他的工作并不需要他了解这些动物，不过他时常会有好奇。比如现在，他走到其中一间饲养室门口，想要看清里面那团黑乎乎的东西。可以看出，饲养室是从以前的库房隔间改的，换成了类似于笼子的铁栅栏门。他的手上没有大门的钥匙，只能打开小门运送食物。

他尽量不发出声音，瞪大眼睛，屏住呼吸。一股动物的气味弥漫在空气中。他看到那团黑漆漆的东西似乎注意到了他，慢慢地从角落里走过来，接近他。他感受到了来自那未知物身上的味道、体温以及潮湿……

是一匹马。

它的大部分身体依然沉浸在阴影中，只有头部、颈部和肩膀部分显现在他的面前。这是一匹雪白色的马，鬃毛也是白色的，毫无杂质。它的狭长的额头顶在铁栅栏上，用两只湿润的眼睛看着他。如果额头上再长一只角，他想，简直就是他在电影里看到过的西方神话传说中的独角兽了。他隔着栅栏，抚摸着它的额头和毛发。这柔软、康健的身躯使他有点着迷了。

不过，这动人的一幕仅维持了几分钟便宣告结束。马缓慢地向后退去，首先是肩膀，接下来是脖颈，最后是额头，重新一一陷入黑暗中。

他的手上还存留着刚才的触感。真像是一场梦，他想。他不知道其他的房间是什么动物，但他已经失去了兴趣。他离开幽暗的仓库，来到院子，沐浴在阳光中。他无来由地想起了他最初来到这里的时候。那时，他几乎无法忍受仓库里动物的气味。那种混合了动物的屎尿、口腔、体液的臭味。即使是在天台上，那味道依然浓烈。最初的日子，他不得不整日都戴着口罩，并且病态地洗澡，仿佛身上沾上了不洁之物。运送食物时更是要敛息闭气。

很快，他就适应了这种味道。起码不用再戴口罩，但还是维持着一天两到三次的洗澡次数。他很想出去逛逛，可合约上有一条规定：看守动物期间，不得跨出仓库大门五米的距离。就连他的食物、衣服、饮料和其他生活用品都是外面定期送进来。简直和对待那些动物一样，有时他会自嘲地想。

他走上天台，躺在躺椅上，准备打个盹。会不会梦见马呢？他想。他很快就做梦了，但梦里没有马。

三

他从没有梦到过马，只有无尽的丛林与蚊虫。他不停地往前跑，仿佛后面有什么东西在追逐他，可他并不知道究竟是什么东西。他跨过脚下可能会阻拦他的巨型断木与绊马索般的藤蔓，身手猿猴般敏捷，向前蹿去。他永远也跑不出这片丛林，犹如死循环。他曾想到过一个办法，用小石子摆成规则的图案，当成记号。不过他很快就为这个想法哭笑不得。这是在梦中啊，梦里哪有什么逻辑可言？当他意识到这个问题，梦便宣告结束。

他昏昏沉沉醒来，也忘记了自己到底有没有做记号。这时，他听到了大门被推开的响动。他警惕地直起身，朝大门处望去。只见一群人正鱼贯而入。今天是“那些人”来的日子。他竟然把这件事忘得干干净净。都是酒闹的。他看着散落在躺椅旁的啤酒瓶，连忙起身收拾起来，将它们藏到了天台上的小储物间里。合同里标明，工作期间喝酒是禁止的，如果被发现，扣工资估计是免不了。藏好酒瓶，他扒着天台的栏杆往下看，那些人已经进入仓库，根本没有人理会他，这使他反而有点怅然若失。

那些人的到来意味着今天——起码是白天——这里没他什么事儿了。直到晚上十点前，他都可以自由活动。这是专属于他的假期。他们会用这一天的时间给动物做清洁、身体检查、登记，以及交换——有的动物将被运走（运往哪里他是不知道的），有的将被运进来，直到他们下一次的到来。当然，这些并不是他所关心的，他所关心的只有很久未见的女友。

女友住在离这里很远的市区。她平日里是不来的，一是因为远，二是因为她讨厌这里浓烈的动物臭味。而他也并不希望她来——他甚至不想让任何人来。没有人打搅他时，他的生活悠闲而漫长，同时具有某种冒险性，他不用去过多地在意什么，而当有同类（这个词让他感到很有趣）来到时，他的生活暴露在同类的目光与判断之中，原本他习以为常的东西就会变得有些荒谬。这让他很不自在。

为了逃避这种突然显露出来的荒谬，每当那些人来时他就会主动离开。他走在一条栽种着恣意生长的灌木丛的小路上。空气很新鲜，是仓库里体会不到的新鲜。没有动物的味道，开阔而自然。他使劲闻了几下，心情愉悦。

他穿过小路，坐车来到闹市区。熙熙攘攘的人群从四面八方拥来。这时，愉悦感已经耗尽。他低着头，只看着脚底下的那几块砖，朝女友的住处走去。他觉得，长期的看守动物的生涯使他失去了一部分与人打交道的能力。这是代价，高回报的同时必然伴随着某些代价，毕竟这份工作的薪水还是挺高的——他如此安慰自己。

他来到了这间熟悉的小屋。空气里是女性各种化妆用品混合在一起的独特的香味。女友正在对着镜子梳头发。她在镜子里朝他露出微笑。镜面光洁，边缘处贴着一些印有漫画形象的贴纸（一般是可爱的小狗小猫之类）。镜中，他看到自己的脸庞，那简直就像是刚从某个洞穴中逃出来的迷途旅人。他有些惭愧地避开了镜子。

按道理说，很久未见，应该和女友出去吃个饭，或者看场电影，抑或陪她逛逛街……但时间紧迫，他看看墙上的表，已经到下午了。他迫不及待地脱下上衣，躺在床上，一把将女友揽在怀中。女人身上散发的松软的气味令他激动不已。

“什么味道？好臭啊，快去洗澡！”女友推开他，走下床，捂着鼻子说。

他只好去洗澡。洗完澡，女友凑到他身上使劲闻了闻，皱紧眉头。“还是有味道……”她心有不甘地说。他知道，女友是个有洁癖的人，他其实来之前已洗过澡并换了衣服，但味道还是很难消除。此时，某样压抑已久的东西正在他体内跃跃欲试。他顾不了这许多了……

完事后，女友倚在他怀里，闭着眼睛，似乎睡着了。他点燃一根烟。此时，他的大脑一片空茫，仿佛被掏空了。睡眼蒙眬中，他听到女友笑着说：“你今天怎么了？简直像个动物……”说完，她伸出双臂紧紧地搂住他的脖子，像是母猴攀住一根粗大的树干。

四

生活漫长而枯燥，像是从流水线上生产出的一排排压缩罐头。每天他都将自己喝得醉醺醺的。这完全违反合同，可他从未看到有监管自己的人。除了那些人来的那天，此外的时间全由他独自支配。他想，说不定有人在暗中监视着自己？可那样的话，喝醉这种事早就应该被揭发了。他实在想不通。这些问题让他心里乱糟糟的，只好继续喝酒。

但是，他也不敢完全大意。一旦有动物被偷窃或死亡，他必然要承担责任。如果真发生这类不幸的事，不光他的工作要泡汤，说不定还要赔一大笔钱，那就得不偿失了。所以，他每次都控制自己的酒量，微醺又不至于太醉。他渐渐喜欢上了在天台上喝啤酒，看头顶的流云，飞过的鸟群，以及日出日落。他已记不清自己看过多少遍日出日落了，他初来这里时，只带了一些必要的生活用品，却忘了带可以记录时间的东西。钟表、日历之类一概没带。开始时缺少这些并不影响他的生活，因为他本身就是一个对时间较为淡漠的人，可时间一长，他就完全丧失了时间概念。他奇怪自己怎么就没想到从女友家拿块表呢？日历女友家或许没有，但也是可以在外面买的。而这一切他通通没有做，继续使自己沉陷在失去时间感的状态，像是蜷缩在胶囊飞船中的宇航员，任凭自己在浩渺宇宙中漂流。

于是，他只能靠仓库外的季节来辨别大致时间。令他惊奇的是，他来时是炎夏时节，而他自以为时间过去了这么久，外面竟还是炎夏景色。难道时间不是飞速流逝而是静止了不成？可时间如果真的静止了，那他不断长出的胡子是怎么回事？那些定期来这里的人是怎么回事？看来时间依旧行进。这让他想到自己正坐在一列在沙漠中行驶的列车上，四周除了无垠的沙子外没有任何参照物，因此他几乎无法确定列车是否真的在行驶……

有一天午夜，他听到了某种声音（他的耳朵已经变得异常灵敏），像是人的脚步声，在院子里走动。他悄悄起身，侧耳倾听。声音消失了。郊区的夜晚异常安静，只有偶尔冒出的虫鸣。他走下台阶，来到院子正中。月亮探照灯般照射在他身上。他走进仓库。动物们都在安睡，他甚至可以听到某些动物的打鼾声。一切如常。

接下来的几天，他每到午夜都能听到人的脚步声，可每次都看不到人影。是幻听吗？或许长期的孤独生活对他的精神造成了隐秘的创伤。他经常失眠，有时在躺椅上瞪大眼睛，眼巴巴地看着眼前的天空从漆黑变为淡紫色，然后树木的形态显现出来，天空的一角开始发白，并一点点将天空过渡成亮色。太阳升起来了，鸟类的叽叽喳喳传入他耳中，而他一点也不感觉困倦，相反，他似乎更清醒了。这清醒令他感到恐惧。

他想，必须发明一种有效的打发精力的方式才行。他渐渐地开始迷恋上模仿动物——他将自己想象成为某种动物，有时是狮子，有时是猴子，有时是马。在宽敞的仓库院子中，他假想自己在捕食，或被天敌追赶。来来回回，不亦乐乎。余下的时间，他就到仓库中，细心留意动物们发出来的声音，然后加以模仿，使他的游戏更加逼真。

五

夜晚，他站在天台上，看头顶闪动的星星。夏日特有的闷热气息包裹着他。尽管一动不动，汗水还是不住地从毛孔里冒出来。他脱下上衣，赤膊坐在僵硬的钢丝床上。他觉得皮肤像是紧贴着一层密不透风的塑料膜，十分难受。他简直想把身上这层皮也给扒下来。

空气是黏稠的，仿佛一切都凝固住了。没有虫鸣，也没有丝毫的风。他洗过几次澡，可是没用，只要稍待一会身上就变得汗津津的。如果有一面湖就好了，他想象着自己沉入湖中的感觉。清凉的水浸泡着他，他的身体仿佛也变轻了。这样的想象稍微缓解了一些闷热，但他很快就不得不重新回到现实中。大地似乎蕴藏着白天时太阳的所有热量，到了晚上便开始尽情释放。他一罐接一罐地喝着变得温暾的啤酒，不觉中将自己脱得一丝不挂。

没有人，只有动物。这使他轻松不少。他不用在意人们的目光，现在他拥有一块（尽管是很小的一块）可以无拘无束的乐园。他来到院子中，沐浴着月光。他感受着全身的每一寸裸肤毫无遮挡地与空气相触。他不禁想起了小时候曾见过的一个傻子。那时他还很小，每次经过傻子时父母都会紧紧地拉住他，像是害怕傻子会从他们手中将他抢走似的。但傻子从来没有过什么过激的行为，他唯一出格的举动就是喜欢赤身裸体。不论冬夏，他总是喜欢将衣服一件不剩地褪下，然后在所有人的目光中跑来跑去，拍手大叫。人们低头从他面前经过。那时他内心对傻子充满怜悯，而现在，他对傻子则涌起了一丝钦佩。

除去全部衣物后他很快就变得凉爽起来。他又玩起了模仿动物的游戏。这次，他四肢着地，在院子里爬来爬去。玩到兴奋处，他仰起脖颈，忍不住仰天长啸了一声。他并没有刻意模仿哪一种动物的叫声，而是依靠本能从嗓子眼里发出单纯的吼叫。

这一声吼叫让他全身血脉舒畅。他早已满身大汗，坐在地上喘着粗气。这时，他听到某种响动从仓库内传了出来。

是动物。

先是零星的一两声呼啸，紧接着声音此起彼伏，仿佛在呼应着他最初的那一声。声音越来越高，响彻在夜空中。他吓坏了。他连忙跑上天台，穿好衣服，以防有人前来查看。许多动物的喊叫混杂在一起，一波波冲击着他的耳膜。他双手捂住耳朵，浑身战栗。这一切都给他一种印象：它们就要破门而出了。它们会攀上天台，将他撕为碎片，而后扬长而去。

他第一次对它们产生了恐惧。但是，呼啸声渐渐平息了下去。夜空又恢复了平静。他放下手，屏住呼吸，听。它们真的安静下来了。他的心还在怦怦乱跳——这是他第一次遇到这种情况。他重新坐回钢丝床上。

刚刚发生的一幕使他意识到，他与它们之间仍然存在着不可逾越的天然鸿沟。这是不言而喻的。但是他依然忍不住回味刚才月光下赤身裸体的自己。那种奇异的感觉存留在他心中。现在，他躺在钢丝床上，像是一个孩子咂摸着已经融化掉的糖果的味道。在他的一生中，几乎从未像刚才那般放纵过。

他双手环抱在后脑勺上充当枕头，望着漫天繁星。他想，当自己老了以后，该如何回顾这一生？起码目前为止，他觉得自己的一生是惨淡的。从小，他的生活就被父母牢牢地掌控在手中，走过的人生轨迹无一不是父母为他制定好的。在别人眼中，他是一个循规蹈矩、总是战战兢兢的孩子，从没做过什么出格的事。他们认为他头脑干净得如同一只空纸篓。但只有他自己知道事实并非如此。各种灰暗的念头无时无刻不在他的脑中堆积、沉淀和闪烁，但他并没有将它们付诸实践的想法。这也是让他最恐惧和沮丧的——他深深地依赖着父母为他搭建起来的坚固的天花板。在这张天花板下，他度过了堪称苍白的童年和少年时代。

他使劲摇摇头，想把这个念头尽快赶走。这是他一以贯之的做法——他不愿思考自己。

六

他来到仓库。现在是白天，但仓库依旧幽暗。灯早就坏了。走进这里，他甚至分不清外面是白天还是夜晚。他走近那些笼子，没有拿手电筒。一股强烈的动物气息扑面而来。他推着手推车，上面整齐地码放着一个个铝制圆桶，里面装着动物每日的食物。桶上有编号，每个号码对应相应的笼子。他走到第一个笼子前，打开小门，将对应的圆桶盖子打开，然后推进去。黑暗中，动物蠢蠢欲动，他可以感受到某种炙热的鼻息喷出牢笼之外。

光线太昏暗了,他看不清里面是什么。但也没必要看清。他走向第二个笼子，同时打开相应的圆桶。这时，他突然被桶里的东西吸引了。这究竟是什么？他几乎把头都伸进去了也没分辨清楚。他虽然每天都运送这些东西，却从不知道里面装的是什么。他只闻到浓郁的类似于生油与水果混合在一起的怪味。这就是动物每天吃的吗？他好奇地用手蘸了一点，伸出舌头，在舌尖上点了一下，然后将舌头重新缩回去。为了尽快体会到味道，舌头在口腔里绕了几圈。

味道弥散开来。他无法形容这种味道。又黏又甜，加裹着一股生肉味。味道很冲，他差点就吐出来了。不过他还是抑制住了恶心，强迫自己将这些不知名的东西吞咽下。恶心减弱了。他闭上眼，回味着刚才的滋味。现在，留在他舌尖的是一种清凉的香甜。

似乎也不是不能接受。他想。缓了一会儿，他伸出手。这次，他用手抓了一大把。又油又腻的东西从他手指间滴落，像是呕吐物。他犹豫了片刻，不再多想，将它们全部塞进口中。这一次的味道冲击更大，他被熏得忍不住流下眼泪。他强迫自己使劲往嗓子眼里咽，对抗着胃里的翻涌。不知过了多久，最初的不适感基本消失了，味道变得香甜起来。趁热打铁，他吞下第三口。过程异常顺利，再也没有前两次的恶心感，相反，他可以大口咀嚼了。接下来，是第四口，第五口……

从此，他迷上了桶里的食物。每种动物的食物是不一样的，配料也有很大差异。每天他都会从中取一些，或是单独吃某一种，或是将其中几种混合着吃，这一切全由他自由搭配。吃这些东西时，他感觉到非常的愉悦。他说不上来这种愉悦更多的是来自味蕾还是精神层面，总之，当他像一只动物似的躲在角落里大嚼特嚼时，他都会觉得自己获得了前所未有的放松。

他最喜欢吃的是大象的食物。最初他并不知道这是大象的，只是觉得好吃，里面有许多水果和谷物，这是他所喜欢的。因此他有些好奇。一天，他带上手电筒，往那个对应编号的笼子里照了照。他看到了一个庞大的身影。他看得呆了，脸紧贴在钢筋栅栏上，看着象长长的鼻子缓慢且富有节奏地拍打着蚊虫，发出某种低低的嗡鸣。他忍不住将胳膊伸进去，正好可触碰到象鼻。他的手慢慢地抚摸着象鼻，后来，象鼻竟然搭在了他的手臂上，就像是在跟他握手。他站在笼门前，哭了。

夏天似乎永远都不会结束。他已经习惯于赤裸着身体在仓库中走来走去。某天，他试着像第一次那样发出低吼。跟他预想的一样，动物们响应了他。这次他没有感到慌张，在它们响应他的同时他也在响应着它们。这种特殊的交流方式使他万分激动，一边吼叫着一边在院子里跑了一圈又一圈，直到筋疲力尽，倒在地上。

有一次，在他吃东西时，他想起了以往曾受过的家庭教育。从小，他的父母就告诫他吃饭时不要说话，教导他餐具应该如何正确使用。当他违反了这种餐桌礼仪时，父母就会以严厉的目光瞪着他，或干脆用筷子狠狠地抽打他的手。他就是这样在父母不断的“纠正”中成长起来的。纠正、纠正……他默念着这个词，然后想，如果父母看到他此时的样子（浑身赤裸，胡子拉碴，沾满了呕吐物般的莫名流质物）会作何感想呢？他一边往嘴里塞东西一边痴痴地笑了起来。这个念头让他既伤感又有些恶毒的快感。

七

那些人又来了，他们来时他正在睡觉。尽管睡得很死，但他还是立刻惊醒过来。不知从何时起，他的听觉变得异常灵敏。稍有风吹草动都逃不开他的耳朵。此时他正一丝不挂地躺在仓库里，听到那些人的脚步，他连忙站起身，寻找衣服。衣服在哪里？他忘记了。他只好绕到仓库后面，悄悄走上天台。他看到衣服就搭在躺椅上。

那些人来意味着他可以去看女友了。但他对此毫无兴趣，他不想离开这里。不过，原本安静的仓库中突然拥进来这么多人也很让他心烦。于是他穿好衣服，睡眼蒙眬地走出仓库。外面的天气很好，刺眼的阳光照得他几乎睁不开眼。就像是一个在黑暗中待久的人突然遇到阳光。他一边用手挡在额前遮挡光芒一边往前走。

来到车站时，他看到等车的人都自觉地远远避开他，并且假装以不经意的目光往他这边看，他看到他们看自己的眼神都很奇怪。他不知道是怎么回事。车来了，他随着人群上车。在车上，人们依然尽量避开他，于是在他周围形成了一块莫名的空白区域。

车子颠簸了很久，到站下车后，他突然有种异样的感觉。但他说不清这异样感究竟从何而来。他走在繁华的街道上，两旁都是琳琅满目的商铺。人群熙熙攘攘，在他身边川流不息。人群的嘈杂电钻般拧入他的耳朵，震颤着他的耳膜。他感觉自己太阳穴上的血管似乎都绷紧了。他看到走过他身边的人都回过头来看他，窃窃私语或窃笑着。人们的目光使他异常难受，他觉得那些目光所到之处就像蚂蚁钻心。

他低下头，躲避人们的目光。他想尽快逃离这里，到一个安静的地方去。他加快脚步，无可避免地撞到了很多人。那些人并没有与他争辩，而是立刻跳开，仿佛触到了什么不洁之物。在一个橱窗前，他停下来了，他实在是走不动了。他双手撑在橱窗上气喘吁吁。当他抬起头时，他明白了人们为什么会露出那种表情。

橱窗里浮现出的是一张近乎于野人的脸。披头散发，脸上长满了脏兮兮的胡子，并且最可笑的是，他的衣服全都穿反了。上衣和裤子全是反的。他惊讶地看着橱窗里的脸。这是我吗？他意识到自己就是以这副形象暴露在阳光下。他感觉一团火从自己身上烧了起来，并且很快蔓延到全身。他不顾一切地跑了起来，在他耳边，他听到了人们的咒骂声和惊呼声、汽车的刹车声和喇叭声。他想躲避这些人，但他们无处不在，无孔不入。终于，他发现了一口只盖了半张盖子的井，他掀开井盖，跳了下去。

井里的积水没过他的腰。他将盖子合住，使自己置身于一个密闭的黑暗空间。两束细如手指的阳光从井盖上的孔探进来。从这两个孔中，他可以看到一小块天空，以及人们起起落落的脚（时常会将孔挡住）。他之前怦怦乱跳的心平复了下来。他听到自己粗重的呼吸声。

井中的空间使他感觉很有安全感。现在，他已经完全放弃了去找女友的初衷。是啊，难道就打扮成这样去见她？恐怕她会以为是入室抢劫。如果此时有人往井孔里看去，就会发现一双瞪着天空的眼球，由于色彩反差，眼白会非常醒目。这是一双骇人的眼睛。

不过没有人会注意到小小的井孔和井下的世界。细如手指的光束渐渐暗淡、消失了。孔外的一小块天空从天蓝变为灰白,最后彻底变成墨黑。外面的嘈杂声渐渐安静下来。他慢慢地挪开井盖，撑住边沿，从井里钻了出来。黑夜是最好的掩护，尽管周围闪烁着炫目的霓虹灯，但比起白天来要使他安心多了。他浑身湿淋淋地往前走。他看着眼前鳞次栉比、高矮不一的楼宇，心想，这真的是我生活过的世界吗？他感到异常陌生。

终于，他走回了仓库。天空已隐隐露出鱼肚白，他的脚磨出了好几个水泡。他丝毫没觉得疼。他走进去，闻到了熟悉的味道。他激动得快要哭出来了。他一边走一边脱下所有衣服，胯间的阴茎左右摆动着，十分快活。他走到一个牢笼前，发出低沉的吼叫。他看到一个物体从黑暗中走了出来。是那匹白色的马。哦，我的老朋友，你还没有走。他兴奋地冲它吹着口哨。而它显得非常平静，走到笼子前，将自己的脖颈慢慢地伸出两根钢筋栅栏之间。这样，他可以摸到它优美的头颅和颀长的脖子了。他搂住它的头，让它埋进自己胸口。他抚摸着它柔顺的鬃毛和宽阔的前额。它在他的怀中很是温顺。

他闭上眼睛。他能感觉到，那一双在黑暗中异常明亮的眸子，此时正安静地凝视着自己。

八

他奔跑在茂密的丛林中。看不到尽头的丛林如海水一般包裹着他，横突出来的树枝将他的身体划得伤痕累累。他的双腿如麋鹿般敏捷，跃过坑洼和石块，飞速地前进。我为什么要跑？这个疑问一直盘桓在他心中，不过他来不及细想，他只有一种感觉：如果不跑就会有灭顶之灾。他的跑动惊动了无数鸟群，它们扑扇着翅膀“呼啦”一声逃往天空。

他可以听到身后传来一阵嘈杂的脚步声，还有人的喊叫。但他听不清他们究竟在喊什么。是他们在追我吗？他不知道。他也不清楚他们到底有多少人，听脚步声来判断似乎为数不少。他知道，他们离他并不远，随时都有可能追上来。

他没了命似的往前跑，大脑却一片空白，没有前因后果，仿佛他一生下来就开始了这样的跑步运动。于是，他设想了几种可能性：第一，这是一场赛跑，而从目前的情况来看他明显处于领先地位；第二，出于某种原因，后面的人要抓住他，至于抓住之后要干什么他就不得而知了；第三，这是他的误会，他们只是各跑各的，跟他没关系。

他最希望的是第三种可能，因为这样他就可以随时停下来休息会儿了，现在他感觉到口干舌燥，双腿酸痛。他觉得自己支撑不了多久了，可他的双腿仿佛不听他使唤一般，前后快速交替着，大跨步地往前跃进。他甚至有些期待他们追上来，好让答案尽快揭晓。

他低下头，注意到自己的身体是一丝不挂的，腰间连条围裙都没有。难道是因为羞耻才要躲避后面的那些人吗？让他们看到自己这个样子也确实挺不好意思的……他这样想着，就想加快脚步，可他的双腿既无法停下，也无法加速。它们保持着某种平衡。

这时，一声“砰”的巨响从他身后炸开。他立刻意识到，是枪声。是后面的人在冲他开枪。情形一下子就沦为了最坏的地步。与此同时，他听到后面有人在大喊：“别让猎物跑了！”

猎物？这个词使他的脑袋嗡嗡乱叫起来。他当然知道这个词的意思，并且清楚身为此物将会面临怎样的结果。这到底是怎么一回事啊？他感到后面的脚步声越来越近了，可是他却无法加快脚步……不对！他猛然间想到，像是有谁往潭水中扔了一块大石头……这是梦吧？这不是我以前的梦中场景吗？原来这是一场梦！这就对了。不必害怕，只是梦而已……

可还是不对。他想，按照以往的经验来说，当他意识到自己身在梦中时就会自动醒来，但是现在自己仍然在奔跑，并没有醒来。难道说……

这不是梦，而是真的，他瞪大了眼睛。

“砰！”又是一枪，这次他感到自己的左腿中枪了。他栽倒在地。后面的人立刻围住了他。光线阴暗，他看不到他们的脸。只能听到阵阵狞笑。这笑声使他毛骨悚然。他看到有人举起了明晃晃的匕首，朝着他的胸口猛地刺下——

他睁开眼。周围是熟悉的环境。他躺在仓库的地上睡着了。他摸了摸自己的左腿——梦里中枪的地方。那里确实有些痛，可能是躲在井中时磕碰了那里。他站起身，发现自己浑身已被汗水浸透。他长长地舒了一口气。周围像往常一般安静。他走到院子里，看着自己赤裸的身体沐浴在月亮的清辉中。他凝视着月亮。他可以确定现在不是梦，却宛如梦中。

谁能想到有一天自己会被迫藏在井里呢？可事情就是这样发生了。他想到了自己没有见到的女友。此时他十分想念她，但他们之间却仿佛出现了一道鸿沟。不，应该说，他与她所居住的地方，那里的人都隔着一道鸿沟。

此刻，一种强烈的孤独感攫取住了他。他知道，从某种意义上，自己在周围人眼中一直是个怪人。各种奇怪的念头和感觉使他的思维与其他人总是格格不入。他预感所有人最终都将会离他而去——虽然这预感没有任何理由可言。

他发出了一声长长的吼叫，这一次，吼声显得有些悲怆。他忽然意识到，自己已经很久没说过话了。比起语言，他更喜欢这种无意义的喉音。

仓库里的动物们应和了起来，它们的声音在夜空中空旷地回荡着。

他有些感激地想，是的，它们还在……

九

老板来的那个早上，他正躺在院子里晒太阳。清晨的太阳是最好的，照在身上很暖和，又不至于太烫。他就躺在这种舒适的阳光中，闭着眼睛，任凭阳光透过眼皮，呈现出一种橙红的暖色调，并且形成了几个变幻不停的光圈。

经过这段时间，他的皮肤早已被晒得黝黑、粗糙，头发和胡子由于没有清理而打起了结，像是刚刚从某个荒蛮之地归来的游客。现在，他的脑子一片空白，而这正是他想要达到的效果。他听到了大门被徐徐推开的声音，以及一群人鱼贯而入的脚步声。

今天并不是给动物做清理的日子，但那些人却来了，和往常一样戴着口罩，沉默不语。他没有起身，而是继续躺在院子的地上。那些人亦没有理会他，绕过他，从他身边走过。他们甚至都没有往他身上多看上一眼，仿佛早已习惯了他野蛮人般的模样。

他感到眼前突然变暗，阳光被什么东西遮挡住了。他睁开眼睛，看到一个人正探过头来看着自己。由于那人是背光方向，他看不清那人的脸，只看到一片模糊不清。

“是我。”那人说。他认出来了，那人是老板。他记得这个声音。当初签工作合同时，他见过老板一次，这是第二次。他揉了揉眼睛，逐渐适应了阳光。老板的五官便从昏暗的脸上浮现出来。首先是眼睛，然后是鼻子、嘴……确实是老板无疑。

他坐起身，意识到自己并未穿衣服。他们今天的到来使他有些措手不及。但老板似乎根本没有在意，似乎之前都早已习惯了他这样似的。他看着那群人已经全部走进了仓库，接着他就听到了熟悉的动物叫声。他隐隐约约感觉到，这次他们来一定有什么不寻常之处。

“你干得不错。”老板说，他也索性坐在了地上。现在，他与老板可以平视了。这是一个长相普通的中年人，穿着笔挺的西装，头发梳得一丝不苟。他看着老板，心想，难道他穿这么多不会觉得热吗?

“心静自然凉。”老板似乎看穿了他的心思，“这是以前我奶奶总对我说的话。不要小看它，这句话很管用。你看，我现在一滴汗也没有。”他拿出手巾，在额头上擦了一下，然后举到眼前。他看到了，薄薄的手巾上确实没有一滴汗渍。

他没有说话。他眯着眼，看着那些人将动物牵了出来。一只接一只，那些平日里隐没在幽暗仓库中的动物此时全都暴露在阳光下。他突然觉得它们有些陌生。这真的是每天陪伴我的那些动物吗？他有些怀疑地看着它们。他试探性地喊了一声，立刻，动物们也发出了鸣叫。于是他露出了笑容——没错，确实是它们。与自己朝夕相处的它们。

那些人牵着动物，缓缓地从他和老板身边走过。

“你的工作结束了。”老板看着那些走过的动物，说道，“这段时间你表现得不错。你的工作可以提前结束了，而工钱我会按照合同上的一分不差地给你。”说着，老板站起身，拍了拍屁股上的灰尘，“我们两清了，你可以回家去了。”

他感觉老板的话轻飘飘的，似乎在空气中延迟了几秒才进入耳朵里，以至于他先看到老板上下起伏的嘴型，过了一会儿才听到声音。听到声音后，他站起身。几辆重型卡车停在外面，那些人将动物们全都送进了卡车里，却没有像以前那样送进新的动物进来。他知道，现在的仓库已经空空如也了。

动物的气味飘荡在院子中。

“我不走。”他说，“合同上规定的日期还没到，所以我不走。”

“就算你不走，”老板说，“我也不会给你加钱的。”

十

那些人和老板都走了，带走了所有的动物。只有他还留在这里。偌大的仓库立时变得空荡荡的，仿佛之前发生的一切仅仅是一场幻觉。但不是幻觉。他可以清楚地闻到空气中弥漫的动物气味。那气味还没来得及消散。它们在空气中飘荡。就像是动物们都化作了气态，依旧生活在这里。他只能用嗅觉去感受它们的存在。

他来到仓库。厂房改造而成的笼子全都敞着门。他走路走得很轻，害怕打扰到什么似的。他拿着手电筒，一个个笼子往里照,仔细地辨认。当他确认每个笼子都空空如也，一时间他有些无所适从了。他在仓房里转了几圈，发出沉闷的低吼。再也没有声音来响应他。

他知道这一天早晚会来临。因此几乎从看到老板的那一刻起，他就接受了命运的安排。他去了储藏间。那些圆桶依然摆放在那里——他们忘记带走动物的食物了。或许他们每次来都是来送食物，从没有往外拿过，所以遗漏了这点。又或是老板格外开恩，故意留在此处的。

无论如何，食物的问题解决了。他四肢着地，爬上天台——如今，他可以轻松地做这样的动作，并且他发现，当习惯了像动物那样行动后，他的身手敏捷了不少。他爬上天台，望着远处呈失控的泡沫状的云絮。他知道，自己是这里最后一只动物了。

他爬下天台，再次进入仓库。这一次，他没有再出来。

他住进了某间空空的笼子里。凭借灵敏的嗅觉，他可以辨认出这是那匹白马的房间。它的气味，它的温度，还残留在这间牢房内。他躺在铺着稻草的地面，尽情地伸展四肢。这是只属于他的地方。他感到心满意足。

那些动物其实还在，它们只是以另外的形式留了下来。正如他可以感觉到那匹马仍在这间牢房里，静静地凝视着它。他摸着马健硕的身体、柔滑的鬃毛、宽阔的额头。它的身体在光线昏暗的房间内熠熠发光。

他的眼睛逐渐适应了黑暗。他忽然发现，当他适应了牢房内部的黑暗后,外面的空间突然变得模糊不明了。是的,仿佛世界掉了一个个，与他做了一次神秘的交换。他像是马那样匍匐在枯黄的稻草丛中，一动不动。

饿了，他就走出去，将圆桶拖进笼子里，大口地吃。他觉得天气越来越冷了，就用稻草盖住身体，并且从嗓子里发出一连串嘶鸣。

那天，他又做了同样的梦：他奔跑在无边的丛林中。这一次，他看到自己已经完全变成了一匹马的形态，用壮硕的四肢奔跑着，后面是追杀的队伍。子弹刺破空气，从身体两侧划过。他不知道究竟要跑到什么时候。终于，一颗子弹击中了他。

他倒下。一群看不清面孔的人围了上来。他们纷纷拿出匕首，戳破他的皮囊（他能听到“扑哧”的声音），并且继续往更深处割。他的皮肉绽开，露出骨头。人群中，他看到了父母、老板还有女友。奇怪的是，他没有感觉到哪怕一丁点儿疼痛，仿佛这副身躯并不属于他，他也像是其中某个看客般冷漠地注视着一切。

他看到人们从这副身躯中取出一颗血淋淋的东西。它还在蠕动。

是一颗心脏。

人群欢呼起来。他们举着这颗仍在跳动的心脏，走开了，身影逐渐消失在丛林中。他愣在原地，发现自己又变成了人形。他下意识摸了摸心脏的位置，竟然摸了空。他低下头，看到那里变成了一个拳头大小的黑洞。依旧感觉不到疼痛，相反，他觉得浑身轻松。

十一

女人惊奇地看到大门竟然没有锁，一推就开了。她走进去，立刻就闻到了隐约的动物气息。这种味道在她的男友身上曾闻到过。现在已经入秋了，天气变凉，树叶纷纷飘落。她就是走过了一条铺满树叶的小路来到这里的。她听男友说起过这里，她不禁有点佩服起自己的记忆——这么偏僻的地方竟也被她找到了。看到这间废弃仓库时她有些得意起来，但很快她的心情就暗淡下去。她当然没有忘记此行的目的。

她的男友几个月前失踪了。事情很蹊跷，自从夏天时他进城找过一次自己，后来就失去了音信。她知道男友接受了一份看管动物的工作，因此他的身上总是散发着怪味，并且举止也变得有些奇怪。可能和动物待久了都这样吧，她心想。

她不知道他出了什么事。她走进院子。空荡荡的院子，四周悄无声息。“有人吗？”她喊道，但没有人回答她。或许他并不在这里，而是去了别的地方？她并不确定在这里一定能找到他，因为按照他曾跟她说的，这份工作应该早就结束了。想到这儿她的心有些隐隐作痛：他可能就是想离开我才故意失踪的，如果是这样的话，他是不会让我找到他的。

但她还是抱着试一试的心态登上了天台。这里视线辽阔，可以看到远处的树林。现在，初秋的天气树叶已经基本掉光了，留下的都是些干秃秃的树杈。干枯的树杈使她厌烦。她真正感兴趣的是天台上的躺椅和钢丝床，那上面已经落满了枯叶和灰尘还有鸟粪，证明它们已被遗弃很久了。围绕躺椅的，是很多只横七竖八的酒瓶。这些事物都向她表明他曾确凿无疑地在这里生活过。她在天台上站了一会儿，就走了下来。

她走进仓库。没有灯，没有窗户，外面的光线照射不进来，因此光线非常阴暗。她一进去就打了好几个喷嚏。动物的气息越来越浓郁了，她简直受不了。她用手捂着嘴，继续往前走。她想，来既然都来了，没理由不好好看看。

映入她眼帘的是一排排的小仓房，不过很明显它们被改装成了笼子，铁栅栏门紧紧闭着。每扇门上都挂着编号，字迹模糊不清。她往里面看。光线实在太差了，她根本看不清里面的情况。她叹了口气，还是一个个看过去。什么也没有发现。她转身准备离开。

这时，她听到了动静。是从某间房里传出来的。她连忙来到那间出声的房门前，将脸紧紧地贴在栅栏门上。但她依旧什么也看不清。情急之下她使劲拽门。门很轻易地就开了。她这才反应过来原来这里的门都没有上锁。

她走进去。这下她看清楚了。是一个人，黑乎乎的，隐藏在牢房中。那人赤身裸体，由于天冷的缘故哆哆嗦嗦的，身上覆盖着一层干巴巴的稻草用于取暖。他的头发和胡子几乎将他的整张脸覆盖，但她还是立刻就认出了他。

她张大嘴巴，却发不出声音。

“我知道你会来。”那人说。他的声音显得很陌生，就好像是另一种东西在说话，只不过借用了他的躯体。

“这究竟是怎么回事？”

“我会跟你走的。”他短促地笑了两声，“那些从小生活在狼群中的野孩子，不也终究要回归人类社会吗？何况是我……”她看到他站起来，稻草纷纷从他身上滑落。这真的是他吗？她很难相信自己的眼睛。他是怎么变成现在这个样子的？

他从她身边走过，走出了牢房。她跟在他的后面。他们一起走出仓库，来到阳光充足的院子中。她看着他微微仰起头，眯缝起眼睛。她看着他沐浴在阳光中的身体，还有那种味道，散发着强烈的雄性魅力……她突然涌现了一种欲望，她想要他，就在这里，在这个废弃的仓库的院子里，在正午的阳光下……但她及时克制住了自己。

就在她恍惚的时候，他已经穿好了扔在院子角落里的衣服。他伸了一个长长的懒腰，就像是刚刚从一场漫长的睡梦中醒来。然后他转过身，对她说："我们走吧。"

他们走到门口。她犹豫了一下，停住了脚步。

"有件事我必须跟你说……"她咬了咬下嘴唇，"我怀孕了。"

菜市场里的老虎

童年的老虎依旧在奔跑
爸爸妈妈也都长大了。
“在这个世界失忆之前
它会变得更好吗？”

而我们终将遗失帽子和语言

风太大，光线太暗

你远远走来仿佛爱情

梦的灰烬飘荡在你我之间

——城市民谣之一

一

人真的能确切地表达自己最真实的情感吗？这个念头毫无征兆地从他脑子里冒出来。此时，他躺在草丛中。一个暮春的午后。气温开始攀升，刚刚经历了严寒洗礼的阳光变得清透而和煦，甚至当你走路稍快时，过不了几分钟，细密的汗水就会渗透出来，将薄薄的单衣吸附在皮肤上，宛如一层膜。事实上，每当到了这个季节，他都会觉得世界被一层薄膜所覆盖。那层膜里包含了植物新芽的清香、夏日隐约的召唤以及阳光晒在皮肤上的微触感。他侧过脸，让他的左脸可以触碰到柔软的草茎，让它们轻轻划过，其中似乎包含了某种亲昵。这些悠悠的青草确乎如同大地的绒毛，在他的四周、身下生长。有时他会想象自己是一个死人，那么青草会漫过他的身体，肉眼几乎看不见的花籽会落入他肉身的缝隙，从中开花结果。他体内的养分供应着自然界的造物，直到他最终分解，归于肉眼看不见的微尘。

蚊虫的鸣叫徘徊在他耳边，不过，他无法分清那是昆虫的鼓噪还是阳光的震颤。他知道阳光可以穿透幽暗的耳道，照进鼓膜，并且使鼓膜微微震颤。他想到曾看过的一部电影——也是如今日这般明媚的午后，平静的小镇上，流浪汉在花丛中发现了一只爬满了蚂蚁的耳朵。人的耳朵。故事由此开始。他用手拨了拨自己的耳垂，完好且富有弹性，连接在外耳上，而外耳则连接在脑袋上。他的四肢都是这样连接在一起，亲密无间，成为一个紧密的整体。

他已经很久没有这样躺倒在草丛中了。与大地贴合在一起——尽管地面之下也可能早已被挖空，塞满了管道——但起码草丛是真实的，他手掌中紧紧攥住的泥土是真实的，这就够了。还有味道，春末夏初那凛冽又苦涩的味道，包裹着他。

时间仿佛是静止的，就像照耀在他身上的阳光。他不自觉地想起小时候，在他住的楼后面，有一座小公园。树木高大，青草茂盛，孩子们都喜欢在里面捉迷藏。有一天下午，他独自来到公园（他忘了是因为什么）。那时天色微暝，小伙伴们都在吃饭或是放学往家赶，大人们则挤在下班的路上或是忙于给孩子做晚饭。整座公园只有他一个人。他没有必要躲藏，也不需要去寻找什么。他无所事事地行走在逐渐变得昏暗的公园里。树木寂静无声，草丛仿佛凝固一样静默不动。他一个人穿行其中，步子时快时慢，心中升腾起某种从未有过的感觉。那种感觉就像是有人突然放进他心中的，可他并不理解，因此有些惧怕。他停下脚步，喘息着，抬起头，看见圆弧形的天空，还有由于风的缘故微微摇撼的树冠。没有人，只有他自己。他慢慢地躺下来，躺在沙沙作响的草丛中。

那年他刚刚上小学。之后的很长一段时间，他都喜欢在无人的时候偷偷溜到公园里，找到一处偏僻的角落，在草丛中躺一会儿。他也不知道自己为何要这样做。他感觉自己正在接触未知的东西，但那东西是什么却不得而知。

直到有一天，他在草丛中睡着了。焦急的父母找遍了附近的各个地方，才在公园里找到他。夏日的草木长势很旺，他躺在疯长的草丛里确实很难发现。母亲狠狠地训斥了他，严厉禁止他做这种事。

“为什么？”他问母亲。

母亲似乎被问得一愣，但很快就恢复了平日里教训人时特有的严肃。

“多脏啊。”她说，“你看看你的衣服。”

他很想对母亲说，比起穿干净的衣服，独自躺在草丛中更吸引他。但就在那时他发现，他无法确切地表述自己的感受。他结结巴巴的解释只会使父母更加不耐烦，并且火上浇油。母亲对他说“这样做是对的”或是“这样做不对”，他只需点头就好了。母亲是他童年时代的立法者。他是一个乖孩子，从不会忤逆母亲的话。

二

他与菜市场里的老虎相遇，是在刚上中学时。

那个时期，他第一次产生了逃离的念头。逃离这个家庭，逃离整日叹息不止、对一切都看不过眼的母亲，逃离沉默不语，也只会用沉默对抗生活洪流的父亲。他受够了母亲的叹息和喋喋不休，似乎在她眼里世间没有一件事物是摆放正确的，所有东西都放错了位置，而她的使命就是徒劳地将它们放回正确的轨道。

他的童年填充在母亲的叹息中。她在明亮或荫翳的房间里走动，拾起沙发上的衣物，或是擦拭阳台上的灰尘。她总是会盯着某个虚无的点，有时是轻轻地将叹息递出舌尖，有时则是沉重地从胸腔升起，满怀悲戚。他知道，母亲一定又在为世界上有那么多的错事而忧心忡忡了，而且错事的源头毫无疑问都集中在这间小小的房间里。

时间正缓缓地流过这个三口之家。他有时觉得自己可以看到时间的形状。是的，他伸出细长且骨骼分明的手指，就看见时间正穿过两指间的缝隙，朝某个方向继续奔涌而去。时间可以穿透一切阻碍，可以看清每一个人。他听到什么东西在嘎嘎作响。他明白那并不是沉默的父亲在折动报纸，而是自己体内的骨骼在径自生长。

母亲的叹息从阳台上面悠悠传来。他放下了在时间中划动的手指，转而用手指堵住了耳朵。

中学，他学会了抽烟。他故意接近那些母亲口中的“坏孩子”。火焰烧焦烟丝时发出刺刺的响声。“这样做不对”——

他耳边反射似的响起母亲的话。他神情紧张地环顾四周。其他人倚在生锈的栏杆上，吞吐烟雾。上课的铃声在不远处回荡，然而没有人动身。这是难得的逃逸时光，一切都是轻盈的，而不像是在家里，似乎一切都艰难不堪，他整日困在母亲的叹息与父亲的沉默中动弹不得。

他需要逃逸。他需要不被打扰的时光。

三

正如他曾独自一人穿过那个终日散发着菜蔬、腥臭、迷乱之气的菜市场。很久以前，他和父母经常一起来，他还记得自己的左手牵着母亲，右手牵着父亲，自己走在中间。菜市场给他的印象是沸腾的，不需说话就会被声音强行裹挟的地方。当然还有那一个紧挨一个的摊铺，每家面前都堆满了大捆蔬菜。污水横流。随意丢弃的塑料袋。人们站在摊铺满溢的果蔬前讨价还价，掏出皱巴巴的纸币和掉落在地就再也寻不着的硬币。

而这一次——时隔多年，他再次来到菜市场，却正好赶上了收摊时间。与记忆中的印象发生偏差，此时的菜市场变得人迹寥寥，摊贩收拾着自己还未卖出的菜蔬（叶子已变得暗淡，不再新鲜，仿佛刚刚被人践踏过），动作缓慢，全然不像与顾客讨价时的干脆利落。就像是一出戏的落幕，又如一群残兵游勇。再过几分钟，菜市场就要关门了。

他注意到了那个缺了左腿的女孩。

夏天，她穿着短裤，可以清楚看到左腿只剩下大腿根部分，像是悬挂在身体上的一块多余之物。她拄着拐杖，正在帮一个头发花白的老女人收拾东西。他记得她。上学或放学的路上，他偶尔会遇见她。她拄拐杖却健步如飞，给他留下了深刻印象。不过，每一次他都不敢去看她残缺的左腿，仿佛那是种冒犯。他们一次次擦肩而过。有时他会想，刚刚擦肩而过的是另一种人生，他无从知晓，更不可能去参与的人生。

菜市场马上要关门了，他转身朝门口走去。走了几步，他忽然感觉到了什么，停住脚步，扭过头。他的视线正好与女孩相接。他感觉女孩似乎在微笑，但无法确认，因为恰在此时头顶的照明灯一盏盏关掉，整个菜市场很快就陷入幽暗中。

四

他喜欢想象自己的梦境——由于他的梦太过无聊，因此他干脆想象一些梦中的场景。他躺在傍晚时分的草丛中，仰视着逐渐黑透的天空，幻想着接下来要做的梦：他将梦见一片茂盛的丛林，植物的根茎长得比人还高。空气潮湿。路边开满不知名的野花。丛林可能在南方，也可能是赤道雨林，总之，他置身其中，不停地往前跑，踩断了冒出白色汁液的根须。炎热包裹着他。他想象自己脱掉了衣服，一丝不挂地奔跑在无边无际的丛林中，任凭浆汁或是雨水打在自己光裸的皮肤上。少年的皮肤发出好闻的味道。这时，他的想象中出现了一个女人。他奔跑的脚步慢了下来。女人背对着他，沐浴在丛林暗淡的光束中，四周阴影摇曳。她也是一丝不挂的。

女人裸露的背脊呈现出神秘的形态。接下来该如何发展？他有点犯了难。他未曾预料自己的想象中会出现这幕场景。此时，他完全可以在意念中抹去这片滴落着不祥水滴的丛林，像风吹散一堆沙子般抹去丛林中的一切，重新开始想象（像他最擅长的那样）。然而他发觉自己无法脱身。丛林中一丝不挂的女人——他无法强迫自己停止幻想。

于是，他只好怯生生地走向她。祈祷着她不要转过身来。阳光打在她的皮肤上，无比静谧。他已经走到了与她触手可及的位置。她毫无瑕疵的背脊仍旧背对着他，那种洁白明亮与暗淡的丛林形成鲜明对照。他感到身体内部有一股暖流在涌动，使他十分舒服。他忽然大胆起来，伸出手去。恰在这时，女人忽然转过头。他清楚地认出竟然是那个没了左腿的女孩……

五

晚风徐徐吹过。他睁开眼，看见满天繁星，同时感觉到胯部一片冰凉。竟然真的是梦。他不知自己是何时睡着的。

为什么会梦见那个女孩？平静下来后，这个问题开始困扰他。平日里，他与瘸腿女孩并无交集。据说，女孩的残疾是在很小时出了车祸造成的，也有人说她生下来就这样，所以她的父母才抛弃了她。她与一个来路不明的老太太相依为命，在菜市场卖菜为生。没有人欺负她，但不可避免地，所有人都将她视为异类，包括她的同学们。他们从来不会跟她说话，路上见到也会刻意保持距离。说实话，她那只剩下小半截如肉瘤般的残腿总是晃荡着，让他有些害怕。

太晚了，他必须要回家去了。他支撑着身体站起来，拍拍身上的土。突然，不远处的草丛中有暗影在晃动。他吓了一跳，联想起前段时间有人被抢劫的事，连忙向后退了几步，用尽量沉着冷静的语气问：

“谁?！”

声音一出口，他便后悔了。那分明是干瘪稚嫩还未经历变声期的雌雄莫辨的嗓音——平时与他鬼混的男孩子们都已纷纷变为男人粗犷的嗓音，唯有他仍保持着小女孩般的清透音调，为此没少受到嘲笑。“在厕所里你就不要讲话啦，”有一次他的同伴对他说，“否则我还以为哪个小女生闯进来了呢。害得我都尿不出了。”

怎么办？他瘦削的身影在黑夜里微微颤抖。

然而不是抢劫犯。那个暗影慢慢显现出来，却是瘸腿的女孩。她拄着拐，静悄悄地站在他们彼此可以看清的距离中。

他松了一口气，同时有些恼怒，因为他看见她在冲自己笑。她在嘲笑我吗？他又恼又羞。他躺在草丛中一定也被她看见了，她一定会想，这是一个怪人！要不正常人谁会大半夜躺在草丛里呢？他从没想到有一天自己竟会成为异类眼中的异类。他不敢再多想，逃跑似的快步离开了公园。

六

他的双眼像是一台高速运转的摄像机，将女孩的一举一动尽收眼底。当然，他并没有紧盯不放，大部分时间他是用余光或躲在障碍物后面偷偷观察。他害怕跟女孩的眼神接触，准确地说，他害怕与任何人的眼神接触，即使是父母。他回到家，听母亲的训话或父亲的偶尔的应答，他都会微微低下头，避开与他们的目光相接。他也解释不清自己究竟在怕什么，或许是眼神能够传达太多东西，反而令人恐惧。

并且，你自己的眼睛也会透露出你并不想透露的东西。还好，他的父母并未注意到这点。就像他的母亲会告诉他“晚归是不对的”“逃课是不对的”，但从没说过“你要直视我的眼睛”。有时，他甚至觉得他们也同样是害羞的人。

为什么当有人盯着另一人看时，对方会感觉到呢？这个问题使他很疑惑，因此要更加小心翼翼。他每隔两三分钟才会朝女孩望一眼，然后迅速挪开，假装看向别处。但是，他知道自己的眼神没有真正离开女孩那里。

自从那天晚上他们偶然的相遇后，一种莫名的情绪总是若有若无地笼罩着他，牵引着他。放学后，他便急不可耐地来到菜市场，寻找女孩的身影。

菜市场依旧是拥挤、嘈杂的，他瘦小的身形被挤来挤去。一连几天，只要放学他都会来看一看，看过后才放心回家。他看到女孩坐在摊铺后面，由于气温太热，她只穿着藏青色的短背心，沉着地应对各色顾客，锁骨末端的汗渍闪闪发亮，身边是那个永远乐呵呵的老太太。女孩的年纪与他相差不大，却明显要成熟稳重得多，他不禁有些敬佩她了。

他从未想过与她搭话，甚至根本不想让她知道自己的存在。他只想隐藏在角落里窥视就好了，没有人打扰，也不会打扰到别人，就像是晚上从门缝里窥视客厅里一言不发的父母，他们各自坐在沙发的一端，漠然地盯着闪烁的电视屏幕。

一个身材高大的男人进入他的视线。

男人将黑色短袖衬衫高高挽起，露出粗壮的臂膀。他注意到男人在女孩的摊铺前绕了一圈，跟老太太打招呼。老太太笑眯眯地望着他。然后，他走到菜市场的侧门，点燃一根烟抽起来。摄像机在高速运转。躲在摄像机后面的人清楚地看到，那个男人的目光一直定在女孩身上。抽完烟，男人再次经过女孩的摊铺，这一次，他没有打招呼，而是轻轻拍了拍女孩的肩膀，仿佛一次小小的鼓励。女孩则面无表情，注意力都集中在眼前的一捆芹菜上。

七

一天深夜，父母已经睡下，他偷偷溜出家到街上闲逛。空气清爽，月光明澈。他慢悠悠地走在凌晨时分的街道上。路过菜市场时，他突发奇想，翻过前面的栏杆，潜入里面。此时的菜市场早已收摊，空空荡荡，只有稠密的黑暗静静沉积。这是他第一次夜里来到菜市场，没有了摊贩，也没有了顾客，寂静仿佛在夜色中发着幽光。他慢慢地往前走，脚下好像踩到了什么硬邦邦的东西。他弯下腰，摸索着，却什么也摸不到。

“在你左手边。”黑暗中突然响起一个声音。

他吓得差点坐在地上。

“别害怕。”那个声音说，“你白天时不还偷偷看我来着？”

“是你？”他听到自己的心在怦怦跳。他依然看不清声音的源头，但他一下子就知道是她的声音。一个有点男孩子气的小女生的嗓音。

“在你左手边。”她重复道。

于是他再次弯下腰，稍稍往左摸了摸。终于，他摸到了那个硬邦邦的东西——一枚白天遗失的硬币。

“你怎么知道我偷偷看你？”

“太明显了，你跟那些买菜的人不一样。”

他听见木头打击石板的敲击声。女孩正朝他走过来。

“你怎么在这儿？”他抑制住心底的紧张，问道。

“我喜欢这里。”

隐隐约约，他能够察觉到她的脸就在自己面前。他突然想要伸出手，摸摸那张脸。他被自己这个念头吓住了。

“你来做什么？”她问。

“我……”他支支吾吾，不知如何解释。

“你也是来看它的吗？”

“什么？”他回过神来，“看什么？”

“当然是它了。”女孩的口气里有些不快，好像在责怪他问了一个幼稚的问题。两人陷入沉默。过了一会儿，木头敲打石板的声音再次响起。这一次他终于看清了——她的脸庞从黑暗中浮现出来。

“老虎。”她在他耳边轻柔地吐出这个词。

八

他手里紧紧地握着硬币，跟在女孩身后，走上这条从菜市场后门延伸出的隐秘小路。道路掩映在菜市场后面布满垃圾仿若天然垃圾厂的那片废弃空地之中，据说这里本来要改造成停车场，却不知因何原因迟迟空着，年头一久，加之紧挨菜市场，空地便被腐烂的果蔬、污水、杂草和人们的生活垃圾所腐蚀，到了夏天便臭气熏天。没人想接近这块荒地，除了垃圾车会定期象征性地开过来，收拾几下，然后匆匆离去。

即使是夜晚，空气中仍弥漫着臭味。他有些后悔了，知道自己身上无法避免地也沾上了垃圾的臭味，回到家里母亲一定会斥责他。而女孩口中的“老虎”，他当然是不信的，他没有这么傻，会相信有人在家属区附近养老虎。但他还是跟在了女孩后面，看着她在这条逼仄的垃圾小路上前后晃动身躯，拐杖坚定地戳在地上，用完好的右腿向前一探，紧接着收回拐杖，再向前戳去。动作与动作叠加，一气呵成，丝毫没有滞涩，宛如一种神秘的舞蹈。

“你带我去哪儿？”他冲女孩的背影喊道。

“到了就知道。”她头也不回地说。

那枚硬币还攥在他的手中，像是某种护身符。四周的一切——无论是景色还是气味，都是全然陌生的。他感到自己离开父母、离开熟悉的单元楼实在太久了，他想要回去。可是他的四肢却如同牵线木偶般身不由己地继续往前走。前方的黑暗愈加浓重，他皮肤的每一个毛孔都感觉到危险。他回过头，发现身后的道路也已被黑暗吞噬，并且这黑暗还在贪恋他脚下此刻所站立的地方。他无端地想起报纸上看到的新闻，说有些人贩子会引诱还未成年的孩子，把他们带到某个地方，下迷药，将他们身上的器官取走。

那枚硬币已经捂得滚烫了。

“你带我去哪儿？”他再一次问道。

“到了就知道。”她的声音在黑夜中飘忽不定。

终于，他们来到一个院子前。院子很小，用铁丝网围着，中间有一个铁栅栏门。里面是一间奇形怪状的屋子。借着月光，他看出屋子似乎是用碎砖头、木板、塑料布、废弃的遮阳板还有某些说不清的东西搭起来的。

他站在门外，犹豫不决。

“进来啊。”女孩打开栅栏门的锁，招呼他。

于是，他们一起走进去。这里垃圾酸臭的味道减弱了些，取而代之的是另一种奇怪的味道，模模糊糊的，他说不上来。

此时，他跟女孩并排站在那间奇怪的建筑物前。

他刚想说什么，女孩及时制止了他。

“嘘——”她将手指放在唇边，低声说道：“不要惊扰到它。”说着，她小心翼翼地将屋子的木门拉开一条缝。

那种奇怪的味道更加浓重了。他意识到自己在哪里闻到过。如果要形容，那就像是什么东西烧焦后的味道。余烬的味道。

他扒在门缝前，闭上一只眼，用另一只眼望进去。漆黑一片，什么也看不到。纯粹的黑。凝视久了，似乎能把人吸附进去。

“我什么也看不到……”他不知自己该高兴还是该失落。

“你要再仔细些。”女孩在他耳边用一种梦幻般的语调说，“它现在在睡觉。”

他听见了自己沉重的喘息。心脏剧烈跳动。硬币正在熔化。镇静一点，他在心里提醒自己，里面很可能什么也没有，是她在戏弄自己而已。

他屏住呼吸，继续徒劳地凝视那团黑暗，可喘息声并未停止。

那喘息声并非来自他，而是从屋中纯粹的黑暗中传来。

非人的喘息声。

他的嘴被女孩紧紧捂住才没有喊出声来。“惊到它我们就全完了！”女孩显然在极力控制自己的愤怒。这时，有脚步声从不远处传来，朝院子接近。“趴下！”女孩命令道。于是，他们匍匐在潮湿的泥地里。

一个男人出现在栅栏门前，他没有发现趴在地上的俩人，而是用手摇晃了几下栅栏门，没有推开。他点了一根烟，抽完便扭头离开了。

“他是谁？”他站起身，扶起女孩。

“一个卖猪肉的屠夫。”女孩漫不经心地走到铁门前，打开了锁，“我要睡觉了，你走吧。”

“你在这儿睡觉？”他惊讶地瞪大了眼睛，结结巴巴地说，“……跟它一起？”

女孩冲他诡秘地笑笑，折返回来，拉开屋门迅速闪入屋内，从里面轻轻将门关严，留他不知所措地站在屋外。他把耳朵贴在门上。什么也听不到——无论是女孩的声音，还是那不明之物的喘息。

九

第二天一早，他迫不及待地根据记忆找到了菜市场后面的那条小径。他沿着小径一直走，就像昨天晚上一样，只不过此时阳光强烈，蚊虫乱舞，小径两旁都是被泔水浇灌的灰扑扑的高大植物。它们伸展着枝叶，每片叶子上都布满了密密麻麻的虫卵。他没有停歇，一口气跑到了昨晚的那间屋子前。

不是梦。在小路尽头他找到了那间似乎被随意堆砌起来的屋子，还有大门紧锁的小院子，似乎是个被废弃的车棚。他摇晃了几下栅栏门，没有推开。屋子就在眼前，他甚至看到屋门没有关严。它会在里面吗？他试图透过门缝观察，可除了一道黑线，什么也看不到。他想要翻越进去，可这个念头只在他脑子里流星般一闪而过便消失了。他松开了握住栅栏门的手。

他来到菜市场。一进去，他就觉得自己昏昏沉沉的。太多的嘈杂从四面八方围攻他，使他无处逃遁。他勉强穿过人群，其间好几次被人用袋子里的蔬菜击中了面颊。终于，他认出了女孩的摊位。还是跟上次一样，她沉着冷静地与顾客讨价还价。

那个高大的屠夫再次进入他的视线。

屠夫手中拎着一个塑料袋，明显可以看到里面装着块生猪肉。他走近女孩的摊位，将肉放在菜篮里，跟老太太说了几句什么。她原本笑呵呵的脸变得更开心了。然后，他回过头，瞥了一眼女孩，默不作声地离开了。

他跟着屠夫来到肉铺前。那里悬挂着一只只被剖解的猪，像是实验室的标本一样挂在粗大的铁钩上。案板上堆放着红白相间的肉块，散发着腥味。一台小电风扇上绑了布条，用来驱赶苍蝇。

“要买肉吗？”屠夫懒洋洋地坐在椅子上招呼他。

他装作面无表情地走了过去。

十

在菜市场外面，他一直等到收摊。等所有摊贩都离开，并且关上了灯，他才趁人不注意溜了进去。

伸手不见五指的黑暗，他伸出双手，摸索着，慢慢向前挪动。他有点奇怪自己又忘了带手电筒，甚至打火机也没买一个。“你在吗？”他喊道。他的声音在偌大而寂静的菜市场里回荡。

“我在这儿。”接连问了几声，他终于听到了女孩的回音。

“你在哪儿？”他焦急地问，黑暗中好像踢倒了好几只篮筐，还有几块木条，“这里太黑了，我看不清楚。”

“我在这儿。”女孩说，“你多待一会儿就能看见我了。”

他循着声音走过去。果然，又过了一会儿，他的眼睛渐渐能够适应黑暗了。他看到女孩撑着拐杖的身影正站在一块窗户底下。

“中午我看见你了。”女孩回过头说，接着又加了一句，“我还看见你去了肉铺那边。”

“我只是随便逛逛……”不知为何，他觉得有点羞愧，他很想问，你跟那个屠夫是什么关系？但话到嘴边又被他咬住了。

“他挺照顾我和奶奶的。”她仿佛看穿了他的心思，不以为意地说，“但我讨厌他。”

“为什么？”

女孩目光炯炯地盯着他，让他有些害怕。

“你生气了？”他怯生生地问。

“没有。”女孩回过头，继续看向窗外。菜市场的窗外是一堵斑驳的墙。“因为他想杀了它。”过了很久，她才吐气似的说道。

“他想杀了……”他怔住了。

“他杀了一辈子猪，还从没杀过老虎。”她冷笑道，“所以很想试一试。”

他不禁想到了那天夜里，屠夫摇晃铁门的场景。

“我能见见它吗？”他恳求道。

“今天不行，它累了。”女孩说着便拄着拐朝菜市场后面走去，“明天再来找我吧。”

他凝视着她无情的背影渐行渐远，整座菜市场似乎只剩下了木腿叩击地面的橐橐声。

十一

天空不是慢慢黑的，而是一下子黑的。他深信这一点。天黑之后，他从卧室里偷偷溜出来，却看见母亲正坐在客厅的沙发上愣神。今天的母亲有些反常，只是坐在黑暗中，连电视也没开。“妈，我去找朋友。”他一边穿衣服，一边觉得还是说一下为好。

母亲木木地转过头，好像根本没听清他的话。“早点回来。”她说。

他不再理会，穿好鞋子便冲出家门。这次他直接来到菜市场后面的小屋前，轻声喊道：“是我。”过了片刻，女孩慢慢走出来。她看起来有些虚弱，身体无力地搭在两根拐杖上，给他开了锁。

一进院子，他才发现女孩的奶奶——那个白头发老太太也坐在院子里，正笑眯眯地望着他。清幽的月光照着她布满褶皱的脸，那笑容也不免显得诡异起来。从她面前走过时，她突然向他伸出瘦骨嶙峋的手，吓了他一跳。

“别理她。”女孩不耐烦地说。

“我今天可以看看它吗？”他听见自己的语气中充满了期待。

“不行。”她斩钉截铁地说，“它刚刚还在发抖。”

“为什么？”

“因为愤怒。”女孩意味深长地看了他一眼。他立刻就明白了，今晚会有不速之客。女孩走到院子中央，望着被云层遮蔽、只剩下一个瘢痕般的淡影的月亮，深吸了口气。

他则盯着那扇紧闭的门，试图让门变得透明，好让他看清门后那正在黑暗中发抖的庞然大物。可是，门后真的有东西吗？某个瞬间，他觉得自己无比可笑。

“现在只有我们能保护它了。”这时他听到女孩喃喃地说。

我们。他思量着这个词，内心好像被什么东西轻轻触碰了一下。因此，他毫不犹豫地接过了女孩递给他的东西：一根顶端磨得尖锐的竹签，以及一把用木片和尼龙绳制成的自制弓箭。他惊讶地握住弓箭，仿佛自己变身成了古代守护城堡的年轻士兵。

女孩的手中同样拿着弓箭和竹签制成的箭矢。他们一齐望着大门处，严阵以待。

这个场景既滑稽又肃穆，他简直无法确定该用哪种态度对待。女孩却是异常认真和专注，面色凝重地注视大门，但这副表情反而加深了她的孩子气——他突然意识到，她其实也和自己一样，是一个还未完全长大的孩子，而此前他下意识地将她当作了某种超脱于年龄本身的存在。就在此时此刻，他很想伸出手，抚摸她的脸庞，就像梦中他想做而未做的那样。

“他来了。”她说。

没错，他也听到了从外面小径传来的脚步声，由远及近。敌人在逼近。他终于开始紧张起来。一个人影在门外晃动，似乎正想办法闯进来。他学着她的样子拉起尼龙绳制成的弓弦。绳子绷直，发出被用力撕扯的吱吱声。他松开手，竹签飞速射出，可是却直直地射入了头顶的夜空，像是被夜色吸了进去。

与此同时，女孩也将竹签射出。门外传来一声叫喊，尖锐的竹签扎进了入侵者的大腿。伴随着痛苦的呻吟声，敌人落荒而逃。

老太太拍了拍手，突然癫狂似的大笑起来。

他为自己刚才的失误羞愧不已。

“没事的。”女孩安慰道，“毕竟你没有练习过。”

她轻轻地握住了他的手。

十二

他兴奋得一宿没睡。那把自制的弓箭此时就挂在他卧室的墙上，像是得胜归来的战利品。那天晚上，当他支支吾吾地想要把弓箭带回家时，女孩甚至带着某种鼓励立刻便答应了下来。是的，为什么不呢？他俩刚刚才并肩战斗，赶跑了企图入侵的敌人。经过这一夜，他们的关系不再仅仅是朋友，而变成了战友。于是，他拿着弓箭，穿过满是树木阴影的小径，满心欢喜地回了家。

躺在床上，他依然在反复回味着这奇妙的夜晚。回忆最多的，还是她握住他手的那一刻。从她手上传递来的余温仍存留在他的手掌里。他抬起手，举到鼻子前嗅了嗅。然后，他重新凝视昏暗的天花板，陷入了某种近乎于哀愁的情绪中。

她现在在干吗呢？他脑子里满是女孩的身影。她此刻是否正与她的老虎共眠？那间奇怪的屋子里真的会有老虎吗？她是否从一开始就在戏弄我？可是，她为什么要戏弄我呢？……一连串的问题就像是无数颗小星球那样旋绕着他，搅得他心神不宁。终于，清晨的第一缕阳光照进卧室，难挨的夜晚结束了。他一骨碌坐起身，抓起书包匆匆出了家门。

时间尚早，菜市场才刚刚开门。小贩们正在进货，门口停满了小型卡车、面包车、三轮车还有马车。运货的人都是一副没睡醒的样子。

他走进菜市场，不消片刻工夫就找到了女孩的摊位。虽然离上次见面只过去了几个小时，但是他已经迫不及待地想要再见到她了。可就在这时，他注意到那个屠夫也在这里，正在帮女孩从一辆装满蔬菜的三轮车上卸货。他的腿一瘸一拐的，还带着昨晚的伤痛，可他没有丝毫抱怨，将一大袋子胡萝卜扛在肩上，吭哧吭哧地来回搬运。

女孩安静地坐在一把凳子上，用铅笔往本子上记账。他们自始至终没说一句话，却有种说不出的默契与温馨。就像是一家人，他想。

他失魂落魄地离开了菜市场。

整个上午，他都没心思听课。一会儿想着昨晚射中屠夫大腿时的场景而面露笑容，一会儿又因为菜市场里的一幕而情绪低落。他不知道自己究竟是怎么了。到了中午，他再也无法忍耐，便翻越学校的后墙，朝菜市场奔去。他心里有太多问题。他急于寻找答案。

正午的菜市场弥漫着浑浑噩噩的氛围，所有人都在毫无意义地挪动，脸上带着蜡像馆陈列品般的表情。他直奔女孩的摊位而去。她就坐在菜摊后面，神情呆滞地看着来来去去的人。

见到他，她的表情并未发生变化。她用一种极其陌生的眼神望着他，令他手足无措起来。他恍惚听到她在问:“想买点什么？”

他感到无地自容，慌乱间随意抓了几棵他平时根本不爱吃的青椒（“这是不对的，”他突然想起母亲的话，“青椒很有营养。”）交了钱，他便受到惊吓般匆忙离开了。

他心绪烦乱，不想回学校，更不愿回家。他第一次感觉到自己无处可去。夏日正午的微风连叶片都吹不动。他拎着那几棵干瘪的青椒，来到小公园的林荫深处，慢慢地仰面倒了下去。他闭上眼，树林中发出摩挲的呢喃声。松软的草茎托举着他。静谧的阳光从枝叶间滤过，如同深海之光。他被这一切轻柔地抚慰着，渐渐放松下来。

一滴眼泪从他的眼角悄然滑落。

十三

雷声在天边涌动。他睁开眼。

树荫下的夜色更加浓稠。他被夜色笼罩，几乎动弹不得。一切都是陌生的——眼前的黑暗；沉浸在黑暗中的一草一木；潮湿的风；空气中正在凝结的雨；还有他伸出去的、任风吹动的双手。全都是陌生的。他恍惚地站起身，觉得自己变成了一张纸片，在雷鸣的夜晚风雨飘摇。他默默地穿过夜晚。他感到自己是一个人形空隙，短暂地隔开了夜色，直到夜色在他身后再次迅速愈合。有什么东西在拍打他的腿。他低下头，意识到手里还拎着装着青椒的塑料袋。他拿出其中一棵，放进嘴里咀嚼。毫无味道。但他确实很饿了，就一棵接一棵地吃起来，直到塑料袋变得空空如也。一松手，塑料袋就被风劫走了。

他像幽灵般漫无目的地游荡。没有雨落下，只有空洞的雷声忽远忽近。街道两旁，路灯散发着微弱的光晕，电压不足似的不时颤动几下。他站在一盏灯下，再次凝视自己的双手，像是要确认什么。马路上传来汽车飞驰而过的引擎轰鸣声。他放下手，朝菜市场的方向走去。

这一次，置身于菜市场的黑暗中，他的内心不知为何异常平静。

“你在吗？”他轻声呼喊，然而声音却传得很远，在空气中回荡。

“嘘——”是那个熟悉的声音。

“我看不到你。”他说。

“你要仔细看。”那个声音回答他，“你会看到很多很多。”

“有时我感觉生活就像是一场梦。”他静默了一会儿，接着说道，“你有这种感觉吗？”

“当然。”那个声音说，“一个很长很长的梦。”

“我好像能感觉到它。”他一动不动地站着，闭上眼，在黑暗中仔细聆听所有声响。黑暗穿透他的双手和他的身体。他觉得自己正在成为黑暗的一部分。“它此刻就徘徊在我身边。我看不到它，但能感觉到它。”

他的嘴唇默念着那庄严又神秘的称呼：老虎，老虎……

他感到有什么东西倏地滑过他的后背。他汗毛竖起，猛地转身，看到她的身影正从黑暗中浮现出来。

“我可以闻到它的气息，”他继续说道，仿佛在自言自语，

“可以听到它的脚步和喘息，还能感受到它身上的热量。我知道，它现在就在这里，在听我们说话。”

他还要继续说下去。他要描述它闪电般的毛色，它健壮的体态，它粗大的骨骼，它眼中射出的寒光，还有它呼吸中的炙热。他还要说很多很多，不放过任何一个细节。但是他停住了。女孩不知何时贴近上来，抱住了他，两臂缠绕在他的后颈上。拐杖掉落在地，发出很大的响声。她紧紧地倚靠着他。他犹豫着，也抱住了她柔软的身体。他能感觉到她全身的力气都压在了自己身上。此刻，除他以外，她没有可以倚靠的事物了。

黑暗中，他听到了某种尽力压抑着的沉沉的低吼。

“我要跟你讲一个梦。”女孩用近乎呢喃耳语的声音讲述道，“梦中的女孩从小被父母抛弃，与一只老虎为伴。她不愿意让别人知道它的存在。她知道，人们会伤害它。他们一旦知道了它，就会想尽办法把它与女孩分开，因为它是危险的，危险的东西就必须要消灭掉——这是这个世界的生存法则。有一次，她和老虎都没有吃的。实在太饿啦，老虎饿得奄奄一息，在女孩身边颤抖。于是女孩对它说‘吃掉我的腿吧’。老虎直直地盯着她，停止了颤抖。那一刻，女孩没有觉得害怕，而是有种说不出的幸福。从前，她总是思考什么是爱，她以为自己永远也理解不了。但是，当她说出那句话时，她好像突然明白了什么。”

黑暗中，他们紧紧相拥，好像要尽力压迫进彼此的筋肉、骨骼和血液里。

“可是它马上就要死了。”女孩开始啜泣起来，“没有人知道它曾经存在过。”

他的肩膀被泪水打湿了。他知道，老虎正在他们周围游荡，压抑着如闷雷般低沉而焦躁不安的吼声，穿行在菜市场封闭的黑暗中。

十四

那个夏天，很多事情改变了。如果说此前的世界对于他而言是完整的，那么现在，这个世界开始颤动、破裂、重组，最后完全变成一幅陌生的图景。他站在世界面前，比以往还要无知、懵懂，似乎重新变回了一个婴儿。一天晚上，母亲告诉他，她要离开这个家了。

说这话时，他的父亲就坐在沙发上，跟往常一样翻动着报纸，甚至连每一页翻动的频率都与平时没什么不同。他的目光没有从报纸上抬起来，像是在对报纸里的人说道："你的妈妈要给你找一个新爸爸了。"

父亲的声音扁平、干涩，听不出丝毫情感。

那天晚上，他产生了某种强烈的"观看"的感觉。他仿佛成了这个即将分崩离析的家庭里的第四个人，悬在半空中，观看着此时发生的一切，却又置身事外。这么想着，他甚至露出了一丝笑意，但没有人看见。

"我们要离开这儿吗？"他问。

母亲点了点头。"咱们要去另一个城市，"她抚摸着他的头，"那里你可以上更好的学校，会交到更多更好的朋友。"

"你也可以选择留下来。"他的父亲突然合上了报纸，紧紧地盯着他，"如果你想留，就可以留下。"

从父亲的目光里，他见到了从未有过的隐秘的期许。他注意到父亲的手指紧紧地扣住报纸的边沿，快要戳破了。

他很想问问母亲，他该怎么做才是正确的呢？他觉得真实的自己正飘荡在客厅的上空，幸灾乐祸地注视着这一幕,只在这里留下了一具空壳。他看着这具空壳翕动着嘴唇,缓缓吐出几个字 :“我无所谓。”

十五

之后的几天，雨开始不停地下。母亲整日在收拾东西，父亲有时会搭把手，有时则去阳台抽烟。他们像是补偿他似的，不再管束他。

于是，在一个雨夜，他穿好雨衣，带上那把自制的弓箭，走出了家门。

他要做最后的告别。

十六

雨水哗哗地倾倒着，天边滚动着沉闷的雷鸣。他不知道自己为什么要带上弓箭，或许是他提前预知了某种危险。他蹚过泥泞的街道，翻过围墙，来到菜市场里。他呼喊着女孩，却没有得到回答。她不在这里。于是他穿过菜市场，走在了几乎快被繁盛的植物吞没的小径上。雨水汇聚在粗大的叶片上，再流淌下来，像是一条条小瀑布。他的身体被水流冲刷着，辨不清前方的路，只能靠直觉前行。他觉得自己似乎误入了热带雨林的深处。

终于，他抵达了那间小小的院落。大门没锁，轻轻一推就开了。雨好像小了一些，但雷声仍如起起伏伏的山峰连绵不绝。他看到那个老太太坐在院子中，一只手拿着一把破旧的雨伞，另一只手拿着啃了一半的炖猪蹄。她浑身都被淋湿了，正冲着他笑。

他没有理会她，一步步接近用各种材料搭建的屋子。在雨水的冲撞下，他甚至害怕它会突然坍塌。门开了一条小小的缝隙，他忍住剧烈的心跳，站在门缝前。这一次，没有人阻拦他，可他觉得自己的每一个动作都变得艰难无比，像是粘连在了一起。他举起千钧之重的手臂，深深呼吸了好久，才慢慢将门的缝隙扩大。屋内的景象一点点呈现在他面前。他看到女孩赤裸的脊背，在充满暗影和雨声的屋子里静默不动。一个同样赤裸的男人，像是一只巨大的蜥蜴般缠绕在她身上，用舌头亲吻她的脸颊和脖颈。

他站在门外，像是一道影子。几个世纪过去了，他就这样一直站着，不知道自己要干吗。然后，他回过神似的搭起弓箭，竹签的尖刺对准了男人的头颅。男人没有丝毫察觉，伏在女孩的身体上，沉重地喘息着。紧接着，尖刺又慢慢滑向女孩头颅的位置，像是一台高速运转的摄影机。她的脸完全浸入黑暗中，他看不清她的表情。他手中的箭矢就这样一会儿对准男人的太阳穴，一会儿对准男人身下的她。闪电划过天际。他的影子瞬间嵌映进屋子里。

“谁?！”他听到男人惊慌失措的喊叫——那是属于成年男人的粗犷嗓音。

他轻轻放下弓箭，转身离开了。院子里，老太太左手握着雨伞，右手挥动着手里的猪蹄，哈哈大笑，像是在跳一种神秘的舞蹈。雷鸣变得更为密集，一遍遍在头顶炸响。他奔跑起来。雨滴纷纷冲向他的脸，将他划伤。他仿佛听见一声长啸伴随着雷声震荡在他耳畔。黑暗中，一个庞大的身影倏地跃过他的头顶。他还来不及抬起头，那个影子便消失在了茫茫雨夜。

蜉蝣

黄昏浮动在湖面上，如同一层油渍。少年露出半个脑袋和一双眼睛。他身体的其余部分都浸泡在幽暗的湖水中。他的眼睛盯着那湖水表面浮动的光泽。湖面在这个时刻仿佛静止，表层结了薄薄的水膜，上面飞舞着水跳蚤和飞虫。它们成群结队，轻轻触碰着湖面，将自己的卵放置在那层水膜中。湖水微微颤抖。少年慢悠悠地游过去，突然伸出一条湿淋淋的手臂，朝那层水膜砸去。瞬时，飞虫一哄而散，黄昏的光芒被打得七零八落。肉眼看不见的虫卵慢慢沉落，被水中的鱼虾争相抢食。片刻后，水面重归平静。

这是一天中最寂静的时刻。

少年任由自己漂浮在这琥珀般凝滞的湖水中。他闭上眼睛，什么也不想。没有人打扰他，这让他很满意。落日的光芒穿过稀疏的树林，照耀在湖面上，仿佛日光也具有了重量。当少年睁开眼睛，视线几乎与水面平行时，他看到湖面坑坑洼洼的，并不平整。一束束的日光使水面凹了下去。然而随着太阳落山，日光在迅速消退。很快，湖水就变得更加昏暗了，周围的树木也变得黑黝黝的，像是他喜欢的皮影戏的背景。

少年知道，到该回家的时候了。他从水中钻出来，往岸上走。水的重量依然压在他身上，因此他的步子显得沉重。他什么也没穿，赤条条地走到岸边。在月光的映照下，他的身体像是一条鱼，身上的水珠仿佛闪耀的鱼鳞。他拿下之前挂在树枝上的布巾，将身体擦拭干净。初春的夜晚仍然有些冷，少年接连打了几个寒战。然后他一件件穿上衣服。

他就像是入水前那样站在岸边，只有头发湿漉漉的，一缕缕贴在额头上。

该理发了。

白天时湖水吸收的热量此时开始释放。湖面上很快就升起了层层雾气。少年在岸边活动了几下关节，将布巾搭在肩膀上，朝家的方向走去。

他每隔几日都要来这里洗澡。他喜欢的是这里的安静。他知道，除了他以外没人会来。这面湖是村子里不祥的象征，曾经淹死过好几个大人和孩子。村子里的人都听说过“水鬼”的传说，那水鬼就住在湖底，看到有人在湖中游泳就会伸出那毛茸茸的大手，攥住不幸者的脚踝，将他一直拉向湖水深不见底的黑暗之处。不要接近那个湖，少年的母亲也曾这样告诫他，水鬼最喜欢小孩子。

但少年不怕。他已经在这湖里畅游过很多次了。他发现了湖水的秘密。在湖底，生长着一种不知名的水草，它们有好几米长，浮动在幽暗的湖底深处。少年曾潜入水底，亲眼看到了它们的样子：极其柔软、茂盛，摇曳着长长的触须，如同一团绿色的火焰。它们有时会缠住少年的脚踝，于是他总是将一把匕首绑在腰间，这样他就可以随时拔出匕首，斩断致命的水草。

匕首是他从一座荒坟中发现的。几年前的一次地震中，很多荒坟被震开，除了棺材外还有一些陪葬物也被震出地底。匕首就是在其中一座荒坟中被少年发现的。从此以后，他无论走到哪里都会带着它。

雾气慢慢涌出岸边，开始朝树林扩散。

他走在回家的路上。自从一年前的某天后，他就再也不跟其他孩子一起在河边洗澡了。那条河贯穿整座村庄，他的爷爷，他的父亲，小时候都曾在那条河中洗澡。只要冬天一结束，那么从早到晚，你都会在河边看到像他这般年纪大小的光屁股嬉戏的孩子。

但少年厌恶那条河。

此时，他走在夜色中，同时感受着腰间那把尖锐的物体与身体的碰撞。

屋子里到处是蚂蚁，母亲说。她在灯下缝补衣物。油灯摆在面前棕色的木桌上，阴影从桌子下流泻出来。像是一摊污水。

屋子里到处是蚂蚁，父亲说。他躺在床上。阴影轻易地笼罩住他，阴影中的身躯显得非常顺从。父亲让棉被裹住双腿，将被角掖在腿下面。不时有风从窗子的缝隙中漏进来。

每天晚上，屋子里都是死一般的寂静。整座村子都是死一般的寂静。偶尔有野狗在叫，风刮过树林，发出如同布匹抖动的响声。偶尔有人的脚步，匆匆从窗前走过。少年可以听到行走之人的喘息声，但他从不知道究竟是谁。此外，就是屋子里一种持续不断的窸窸窣窣的声音——这种声音微弱，不易察觉，却持之以恒，像是有细小的木屑在剥落。

是蚂蚁，父亲说。他的声音里没有恼怒，只有一种异乎寻常的冷静。

是蚂蚁在啮咬家具，或一切可以啮咬的东西。不知从什么时候开始，屋子里冒出了一群群蚂蚁，它们成群结队，排列成一条细线，穿过地面和墙壁，以及所有能够爬行的地方。它们所到之处，留下细小的咬痕和残渣。这些细小的伤痕渐渐腐蚀了整座屋子。屋子随时都会塌，父亲依然沉浸在阴影中，我们早晚会被房梁砸死。

母亲没有说话，专心致志地缝补衣物。第二天，她就要将这些衣物还给它们的主人，并从他们手中获取报酬。我们早晚会被砸死，父亲在黑暗中喋喋不休。母亲的眼里只有衣物和灯光。少年坐在门框前，摆弄着手里的匕首。

风刮过树木，发出单调、萧索的哗哗声。

刀子从哪里来的？父亲的目光集中到了少年的手上。他用手肘支撑起身子，尽最大的努力探出身体。少年紧握匕首，看着自己的父亲。此时，他看起来像是要接近从油灯里散发出的灯光。原本平静的火苗跳动了一下。灯光向内部紧缩。父亲的头和身体浸透在黑暗中。少年知道父亲在盯着自己，但他看不到父亲的眼睛。

刀子从哪里来的？父亲说。

少年注视着想象中的父亲的眼睛，没有说话。父亲又重复了一次，回答他的是寂静，和那种持续不断的啮噬。你过来，父亲伸出一只手，冲少年招呼了两下。

少年静止片刻，扭头跑出屋外。

小兔崽子。父亲咒骂着，重新躺下。屋子里重归安静。除了那声音。

它们还咬我，他捏死一只爬到大腿上的蚂蚁，就着微弱的光线，看到大腿内侧肿起了一串小水泡似的肿块。它们咬到我腿上来了，他几乎是在哀号着。

可是你感觉不到。坐在灯光里的女人头也不抬地说。

我的右腿可以感觉到！男人吼道，之后，他平静下来，饶有兴致地盯着她。你是不是认为我是一个累赘。他一边说一边揉捏着那只蚂蚁，直到它变成一个小泥团。我可是从死人堆里给你拔了两块金牙，否则。他停住了，在心里补充道：否则你们还住茅草屋呢。但直到他说出来，女人迎接他的也只是一脸漠然。

女人将缝补好的衣物叠整齐，放在桌子上，然后吹灭灯火。屋子里立刻陷入漆黑。渐渐地，月光从窗棂渗透进来。女人钻进被窝，凝视着明亮的月光。最近的月亮特别大，特别亮，女人说，看得我心慌。

你缝的是谁的衣服？男人问。

没有回答。紧接着，他听到了女人的鼾声。

屋子里安静极了。他觉得有东西在自己脸上爬动，他用手摸了摸，没有摸到。该死的蚂蚁，他说，爬到我脸上来了。他想到了什么，打了一个哆嗦，用被子蒙住了脸。

夜晚的湖水，雾气在飘荡。丝丝缕缕的雾气，缠住少年细弱的脚踝和胳膊。月亮又圆又大，他抬起头望着它，隐约看见了上面的山峰和盆地。月光明晃晃地照耀着树林。月亮像是猫头鹰的眼睛，少年想。湖面上的月光很细碎，因为湖面并不平静，被风吹得摇摇晃晃。少年穿过不断向他涌来的薄雾，来到岸边。他一脚踩进了泥坑里。

一只黑色的鸟受惊般从树林中飞起。拖着尖锐的鸣叫。

很久以前，湖岸边还没有这么多的淤泥。不知从什么时候起，淤泥越积越多，慢慢地将湖的边缘完全吞没。细滑的泥水渗进少年的脚趾缝里，他活动了几下脚趾，感受到掺杂其中的沙砾的粗糙，这让他很不舒服。他挽起裤腿，深一脚浅一脚地朝湖水走去。

平日里，没事的时候他就会来到这里。除了他的好朋友元生，没有其他人会喜欢来这个阴气森森的地方。因此，往往只有他们两个，或只有他一个人，站在岸边，凝视湖面。湖水会在一天中不同的时间段呈现出不同的颜色。现在，它是一片漆黑。在这片漆黑而柔软的内部，不时闪烁着镰刀般的反光。

少年坐在岸边的岩石上，或躺在附近的树林中，有时一待就是一天。

他喜欢这个地方。

因此他是一个异类。其他孩子都在贯穿整座村庄的西河里玩。他们脱光衣服，跳入河水中，互相嬉闹，或是比赛着谁游得更快。少年以前也是他们中的一员,但是有一天，他发现了自己与他们的不同。他发现其他男孩们的胯间生长出了浓密的黑色毛发，而自己的这个部位依然是光秃秃的，半根毛都没有。并且，其他孩子胯间的事物都突然变得粗壮起来，而他的依旧是又细又小，无精打采地耷拉着，像是一条死去的肉虫。

你们看，其他孩子们大喊，他那里什么也没有。

他受到了嘲笑。他们喊他难听的绰号。他们说，你和你的父亲一样，都是残废。

从此，少年再也不愿意去河边，再也不愿意与他们在一起了。他拒绝在那条沐浴过他的祖父和父亲的河水里洗澡。每天，他都在某个无人的角落里，脱下裤子观察，期待那里发生变化，变得与其他男孩子一样。但是他一次次地失望了。他们依旧在他的身后喊，残废，残废。

后来，他找到了这个湖。在这里他不用担心他们的嘲笑，因为没有人会看到他。他闭上眼睛，倾听着来自自然的声音。风声，雨声，植物生长的声响，昆虫的窃窃私语。没有人会打扰他，没有人会喊他那个难听的绰号。他沉浸在水中，内心感到无比的安宁。

少年觉得，这里更像是他真正的家。

他走向他的“家”。他的双脚沾满了泥泞，他想在清澈的水中洗一洗。夜晚的湖水冰冷彻骨，他小心翼翼地将双脚浸入其中。冰冷的水使他止不住颤抖起来。就在这个时候，他恍惚中看到湖中心有一个人影。

少年吓了一跳。这是从来没有过的事。他凝视着那个洁白的身影。是个女人。月光中，她的皮肤闪烁着莹莹的光。雾气袅袅，似乎在散发着肉体的热量。她像是一条鱼般敏捷，在湖水中钻进钻出。她不怕那些水草吗？少年看得呆立原地，直到那个女人慢慢地朝他游过来。

她浑身带着晶莹的水珠走向岸边。她的头发湿漉漉的，胡乱披散着。水珠从她的皮肤上不停滴落，形成了无数细小的河流，向下流淌。她的眼神中有什么东西在闪动。少年闭上了眼睛。他感受到一股潮湿且好闻的气息正朝他袭来。

小家伙，我见过你。女人说。

少年睁开眼。女人已经穿好衣服，正在用毛巾擦拭长长的头发。或许是刚才太费体力，他听到女人的声音中夹杂着微微的喘息声。

我也认识你。少年说。

我是谁？女人饶有兴致地看着他。

你是赵家的媳妇。

女人打量着少年。少年一动不动，或者说，他突然发觉自己根本无法动弹。

直到女人离开，少年仍没有回过神来。事情发生得太突然，他仿佛置身于一场梦境中。他感到了来自胯间那隐秘的温热。他往回走，走得很快。脚趾缝间的沙砾耐心地摩擦着他的皮肤。

那个白发男孩蹲在草丛中。茂盛的草丛浮动在他周围，像是要将他淹没。入春后，植物疯狂生长。杂草丛仿佛一夜之间从泥土里钻出来，一下子就长得老高。风带来了种子，村子里的大人们说，他们又补充道：这可不是什么好事。

草丛覆盖了土地，笔挺地插向天空。草茎又高又硬，很容易划破人的皮肤。那个白发男孩小心地行走在草丛里，不时蹲下身子，观察某只被太阳晒昏的昆虫，或动物的尸体。它们安静地躺在那里，就像是经过了精心的摆放。他用一根细细的红线将它们拴住，放进裤兜里。如果是某些比较大的东西——比如死掉的鸟雀——他就会将它捧在手里。他就这样捧着各种动物的遗骸，朝草丛深处走去。

他雪白的头发和雪白的皮肤在荒草翠绿的海洋中非常显眼，因此少年很容易就能找到他。他来到男孩的身后，叫了一声：元生。

元生扭过头。由于阳光刺眼，他不得不眯缝起眼睛。

少年在他的眼中是一团黑乎乎的影子。他站起身，将那只死去的蜈蚣放进口袋里。炽烈的阳光照在他的脸上，使他的皮肤白得近乎于透明。他长长的睫毛也是白色的，总是不受控制似的微微颤动。

找到了吗？少年例行公事地问道。

没有。元生如往常那样回答。

阳光充足，荒草地散发出浓烈的植物的香气，熏得他们有些头晕脑涨。一根根草茎像是细细的针，刺着他们裸露的皮肤。光线也被割得细碎，在他们的身上留下不规则的图案。图案不停地变化着，而天上的云没有变化。少年抬起头，看着上方那一大块静止不动的云，云的形状让他想起了动物的内脏。

草越长越高，没过他们的胸口，接着没过头顶。微风拂过草丛，他们的身体随着这片柔软的土地摇晃。他们呼吸着干燥的植物味，将飘浮在空气中的种子吸入鼻腔。草会从我们的嘴里长出来，元生说，还有耳朵眼。少年沉默不语，掏出匕首，砍断面前阻拦他们前行的草秆。他们在无边无际的草丛中开辟出一条细缝。

终于，他们看到了那座关帝庙。

这是一座早已废弃的木制小屋。关公的神像摆放在小屋中央，身上的油彩早已剥落殆尽。灰尘和蛛网则很快填补了空白。在关公像下面，蜷缩着一团黑影。元生走过去，轻声喊：唢呐爷，唢呐爷。那团黑影动了动，伸展开来，恢复成人的模样。那是一个干瘪枯瘦的老头，稀疏的头发披散着，穿着一件薄薄的灰色单衣。他身上唯一的色彩，是手里攥着的那把生锈却锃亮的唢呐。

元生将藏在衣服里的窝头递给唢呐爷。唢呐爷的眼眶深陷在阴影中。他慢慢地咀嚼着早已变得干硬的窝头，没有发出一丝响声。少年和元生分别坐在关帝庙门槛的两头。唢呐爷的病从冬天一直持续到现在。从他俩认识唢呐爷起，他就住在这座废弃的关帝庙里，寒气灼伤了他的骨头。他们不时会偷偷拿吃的带给唢呐爷。看他的样子，他似乎随时都会死去，但他蜷缩的身体总能在元生的呼唤中恢复成人的模样。

告诉你，有一天，元生悄悄在少年耳边说道，唢呐爷是不死的。

人怎么会不死呢？少年觉得不可思议。

唢呐爷的灵魂在那把唢呐上，元生说，只要唢呐在，唢呐爷就不会死。

灰尘悬浮在关帝庙凝滞的空气中。少年倚在门框上，盯着元生。元生坐在门槛上，正专心致志地观察他捡到的昆虫的遗骸。他的皮肤是那样白，就像是刚从面粉缸里钻出来似的。他觉得元生本身就很不可思议。那些孩子追在元生后面，喊他，怪物，怪物。如果他们看到他和元生在一起，就会喊，瞧，一个残废，一个怪物。

赵家大少爷明天就回来了。元生说。

少年没有说话。他的脑海里又浮现出那个女人的身影，还有那种奇异的潮湿而好闻的气息。咱们回去吧，少年说。

他们走到外面。阳光依旧炽烈，在他们头顶喷薄着。他们来时的那条小路，早已被茂盛的草丛吞没了。

人们聚集在赵家大院前的空地，围得很密实。窃窃私语声浮动在人群之上。人们的目光主要集中在那辆停在院子门口的黑色汽车上。是从省城开过来的，一些去过省城的人说，那里到处都跑着这种小轿车。而更多的人则好奇地观察着在阳光下闪烁着黑色光泽的车身。像是一间小屋子，他们中的一些人说，会移动的屋子。

少年一大早就跑到元生家里。元生，元生，他喊着元生的名字。

元生家的房檐上挂着很多条丝线，每条丝线的下端都绑着那些捡来的昆虫和动物的尸体，远远看去，就像是一条帘子。那些尸体经过太阳的暴晒，变得丑陋且狰狞。这是元生的爱好，他曾对少年说，自从挂上这些小小的尸体后，那些爱捣乱的孩子再也不来了。而在这之前，他们总会成群结队来到元生家门口，冲里面喊，怪物，怪物。

而我的母亲会躲在家里悄悄哭泣，元生说。他的父亲很久前在一次赌钱惨输后，上吊死了。有时我会梦到父亲悬在半空，元生说，他是被吊着的，只是更大一点，和那些尸体在一起。元生说，有时我梦见我也是被吊着的。

少年闯到元生家时，元生还没有起床。他冲躺在床上的元生说，大少爷是坐小轿车回来的，你见过小轿车吗？

大少爷从轿车里走出来。他穿着一身崭新的西装，头戴白色礼帽，左手握着一柄手杖。帽檐很宽，面容几乎都被阴影覆盖了。围观的人们看着大少爷急匆匆地走入赵家大宅。旋即，大门合上。人们大胆地走过去，仔细观瞧轿车留在土路上的辙印。

传说，大少爷在省城有好几个情妇。这也是人们谈论得最多的内容。

少年没有看到那个女人，也就是大少爷的正房太太。在那晚之前，他从没近距离接触过她，只是远远地见过几次。他不知道自己来到赵宅门前，是为了看大少爷和轿车，还是想见到赵家太太。可是，他为什么想见她呢？他对赵家太太一无所知，只知道人们有时会称呼她为“衣夫人”，况且，他与她的生活也从未有过交集。少年想起那天晚上，衣夫人对自己说，我见过你。她什么时候见过我呢？唯一的可能就是在湖边，某一次，他没有发觉她的在场，而她却发现了他。

无论如何，他早早就来到了赵宅门口。那些孩子们也在，他们看见少年就露出不怀好意的表情。他从心底里厌恶他们，但他没有像往常那样立即离开。他有一种强烈的期待，想再看一眼衣夫人。但是她始终没有出现。

之后，他就来到了元生的家。他问元生，想不想看大少爷的车。他知道元生从未见到过汽车。

可是车子在赵宅里，元生说。

那我们就去赵宅里看，少年说。晚上，晚上我们可以偷偷潜进去。

元生盯着少年的眼睛。

我觉得你有事情瞒着我，元生说，你已经看过了，为什么还要夜里再去?

少年感到脸上发烧，但嘴上说，白天人太多了，根本没看清。他走到门口，抚摸着一根挂在房檐上的细线，细线下端拴着一只被晒干的蚂蚱。少年看着蚂蚱，你不想去就算了。

我没说不想去。

少年露出笑容。晚上我来找你。

脚步声在前，月亮跟在后面。月亮没有云层遮挡，却照不清前行的路。两个人几乎是并排走着，一边走一边听着自己的足音。夜晚的村庄万籁俱寂，只有这节奏不规则地响着，以至于这两个赶路的人缩成了两小片响动着的脚步声。

脚步声响动在村庄的泥土路上。

少年的眼睛早已练就了如何在黑暗中辨认村子里的道路。他对村庄实在太熟悉了，从小到大，他从未离开过这个村庄。甚至仅仅凭借着某种说不清的感觉，就可以保证他不会走到错误的道路上。但元生却恰恰相反，到了夜晚，他的双眼则几乎成了摆设，失去了作用。村子里的人把这种病称为“夜盲症”。而他的皮肤在黑暗中依然是白晃晃的，即使离得很远，少年也能一眼就看到他。你的皮肤好白，少年说，你是属于白天的。元生的手紧紧地握着少年的手，好几次，正是因为少年的搀扶才使他没有被绊倒。白天不属于我，元生说，他们在白天管我叫怪物，而到了晚上，他们就看不到我了。

那是什么？少年停下脚步，元生也停了下来。他们站在村庄的黑夜中。夜晚的村庄显得很辽阔。从辽阔的前方，他们看到一盏灯火正慢慢地朝他们走过来。他们不禁都想起了老人们讲述的那些鬼怪故事。他们不敢动弹，也不敢呼吸。直到他们看清了亮光后面的人。

是一个提着灯笼的人。他们稍稍放下了心。提灯笼的人穿着一件深色的袍子，一手提着灯笼，另一只手里抱着一个石头佛像。他戴着几乎包裹住整个头颅的帽子，安静地从少年与元生身边走过。他们的身上都沾染了相同的光芒，那光芒很快就移到了他们身后。少年与元生重新置身于黑暗中。

两个人没有吭声，继续朝他们的目的地走去。

赵家大院露出微弱的灯光。在村子的夜晚，除了天空和赵家大院，地上的景物都是漆黑一片的。赵家大院从来不会漆黑一片，它总是会亮着盏盏灯火。有人说，即使赵家大院熄灭了所有灯盏，它依然会是发亮的，因为它是整个村子风水最好的地方。

少年让元生踩着自己的肩头，翻入院内，然后使劲一跃，扒住墙头，也跳进院子里。

那辆黑色轿车就停在院子正中。借着月光，他们可以看到车身上闪烁着的清幽的光。

像是一只大甲虫，元生绕着车子走了几圈，伸手抚摸。

不对，元生说，甲虫没有这么冰凉，也没有这么光滑。那么像是棺材不成？少年心不在焉地说。他屏住呼吸，朝西侧一处亮光的屋子望去。他看到里面隐约晃动的人影。

少年踅步走向西侧的屋子。他走上台阶，来到窗前。这时，一种奇特的声响从屋子里传来。是清脆的音乐声，不过，他此前从未听到过这种音乐。少年的脑海中浮现出冰块在溪水中消融的场景。透过窗纸，可以看到里面模糊的人影。

他伸出手指，将薄薄的窗纸捅出窟窿。接着，他把窟窿交给了眼睛。

眼睛看到一个跪在地上的女人。女人上身只穿着一件红肚兜，双手被绳子反绑着。幽暗的烛光在女人赤裸的脊背上跳动。女人的头发束在脑后，眼睛可以清楚地看到后脑勺上几缕零散的发丝。屋子里光线昏暗，只有烛火在无声地燃烧。

在女人身后，眼睛看到一个呈坐姿的人，但目力所及之处，只能看到那个人的一条胳膊和弯曲的腿，因此，那个人在眼睛的世界里几乎是处于虚空之中的。那只从虚空之中生长出来的手上握着一根鞭子，女人背对着它，微微弯下腰，发丝也因此低垂。

在那种奇特的音乐声中，那只手高高举起，忽然落下。鞭子抽打在女人光滑的后背上。女人没有叫喊，只是痛苦地呻吟了一声。紧接着，是第二鞭，第三鞭，鞭子在女人的后背上留下了血痕。少年收回了眼睛，可那画面依然停留在眼睛里。

什么声音？元生走到少年身旁，轻声问。没什么，少年拉住元生的手腕，我们回去吧。回去的路上，他们沉默不语。少年的眼睛里的画面在黑暗中更加鲜明。他们走着，听着脚步声逐渐被黑暗覆盖。

它们没动静了。父亲倚在床头，侧头仔细聆听。过了一会儿，他骂道，妈的，又开始咬了。

母亲在暗淡的油灯下缝衣物。每天都有新的任务，无边无际的衣物堆在油腻的木桌上。细细的针线几乎看不见，有时少年觉得母亲的手上空无一物，她只是不停地重复着一些动作。只有当母亲的动作突然停下时，少年才看到细细的血滴从母亲的手指肚冒出来。

母亲的眼睛里蒙了一层荫翳，就像是一层层的布匹。

父亲碾死一只在墙上爬动的蚂蚁，更多的蚂蚁从他手下逃窜。看看它们做的好事，父亲撸起袖子，看着胳膊上那一连串的红色小点。它们有牙齿，父亲说，它们想把我吃掉。没有人回应，于是他也陷入了沉默。他低下头，盯着自己那条变成木头的腿。炮弹曾经吃掉了这条腿，现在轮到那些带牙齿的小东西去吃剩下的了。

然而他的眼睛里浮现出了一幅画面。他们躺在地上，血肉模糊，四周的树木燃烧着，空气发出呛人的味道。他们的脸都黑黝黝的，分辨不出究竟谁是谁。他们的脸一动不动。蚂蚁开始往上爬。从远处看，就像是五官在扭动。

画面停留在父亲的眼睛里。

少年的眼睛里则停留着另一种画面。

他用被子蒙住头，翻来覆去，怎么也睡不着。窗外的风呼呼地刮着，撞击着门窗，如同有人在耐心地拍打着，敲击着。这种声音是辽阔的，盖住了那种窸窸窣窣的响声。而在少年的耳朵里，回响的是另一种声音——冰雪消融的声音。黑暗中，他睁开眼睛，画面浮现在他的眼睛里。烛光颤抖着，似乎跃跃欲试，想要舔舐女人散乱的发丝。

父亲拿过拐杖，试着站起身。他走到桌前，走进油灯的光线里。

他的眼睛里依然闪烁着那幅画面。他随便拿起桌子上的一件衣服。

成群的蚂蚁爬上他们的五官，占据了他们的脸，变成了新的五官。

又是老韩家的衣服，男人揉搓着手中的布料，由于拄着拐，他的身体朝一侧倾斜着，像是突然坍塌掉了一块。每次他都把衣服交给你缝，男人眯起眼睛。因为他自己不会缝，女人头也不抬地回答道。他的婆娘呢？男人放下衣服。他的婆娘去年就死了，女人说。男人转过身，面朝着床。他突然大笑起来。女人停下了动作，这一次，血滴没有从她的手指中冒出来。

男人停止了笑声。他坐回到床上。油灯的光照不到那里，因此也就看不到他的表情。

他朝虚空中挥了挥手，仿佛试图把那幅画面从眼睛里驱赶走。

女人停顿了一会儿，重新开始了动作。她眼睛里厚厚的布匹依然无法翻动。

少年没有看到这一幕，他将头深深地埋进被窝中。他在凝视着那幅停留在眼睛里的画面。赵家大少爷回来了，他在被子里瓮声瓮气地说。

父亲愣了一下，他眼睛里的画面短暂地消失了。听说他是逃回来的，父亲的脸上第一次露出了笑容，他在省城办报纸，被当兵的抄了家，差一点丢了小命。他短促地笑了几声，然后提高了嗓门，拿枪的可是不好惹的。

少年从被子里露出头。显然他并不关心这些事。他问父亲，听说大少爷在省城有好几个婆娘？

父亲愣住了，接着用拐杖狠狠地打了一下少年蒙在被子里的屁股。小孩子懂什么，睡觉。

少年重新将头埋进被窝的黑暗中。那幅画面挥之不去。

他第一次失眠了。

元生在草丛中发现了那条蛇。它把身体盘成一团，似乎在享受午后片刻的安宁。元生趴在不远处，盯望着那条休眠的蛇。过了一会儿，它醒了，睁开眼睛。元生看到了那弧形的眼珠，在椭圆形的眼球内定住般一动不动。它缓慢地将头抬起来，动作显得有些迟钝，好像还没有从漫长的冬眠中完全清醒过来。它看见了元生。

从那弧形的眼珠里，元生看到了自己有些变形的形象。

他手里攥着一块大石头，这些碎石在草丛中遍地都是。他慢慢地接近蛇。他的影子将旁边的草茎染黑。蛇张开嘴，露出鲜红的芯子。元生突然使劲掷出石头。石头摩擦着风，径直朝那条蛇飞过去。石头的模样瞬间在蛇的眸子中变成了庞然大物。

少年来到这里时，元生正攥着那条变成了绳子般柔软的蛇身。他将这潮湿、冰凉的绳子挂在脖子上。这是怎么回事？少年问。它看到我了，元生说，蛇会记住你的样子，下次趁你不注意时袭击你。少年看到元生在蛇身上系上了一条红丝线。

他们走进破庙里。

唢呐爷正坐在门框上，让阳光照着自己。他的精神头看上去好了一些，但依旧很虚弱。他穿着破旧的灰色棉袄，两只手吞进袖子里。少年觉得冬天的严寒仍旧停驻在唢呐爷的身体里。

我感觉身体里有一块冰，唢呐爷经常说，我想让它融化掉。

所有人都知道唢呐爷的来历。他的家族世世代代都靠演奏唢呐为生，在他年轻时，他曾是村子里的唢呐好手，无论红白喜事，都可以看到年轻的唢呐爷活跃的身影。他吹奏的唢呐气息平稳，音调嘹亮，同时又变化莫测。村子里至今仍有老人对唢呐爷当初的风采记忆犹新。但不知从什么时候起，唢呐爷的吹奏风格发生了巨大的改变，变得低沉、悲怆，听过的人都会不由得感到一阵凛冽。村子里没有人喜欢这样的吹奏——它太过苍凉了。后来，即使是丧事，也没有人愿意再请唢呐爷了，人们更喜欢用欢快一点的曲调来冲淡生命消逝的悲伤。唢呐爷失去了收入来源，渐渐地变成了一个拾荒者，成为了人们眼中的怪人。没人知道这究竟是怎么一回事。

那把唢呐此刻正挂在唢呐爷的腰间。少年知道，唢呐爷视这把唢呐如自己的命一般，从不允许别人哪怕触碰一下。唢呐爷的灵魂在那把唢呐上，少年突然想起元生曾对他说过的话。只要唢呐在，唢呐爷就是不死的。

你最近有些心神不定，元生说。自从从赵家回来后，他又补充道。

唢呐爷抬起脸看了一眼少年，重又低下头，埋进双臂中。他一天中大部分时候都是这种状态。

你看到了什么？元生将那条蛇缠在自己的脖子上，仿佛那是一条围巾。蛇软绵绵的，无比顺从，只是看上去依旧潮湿、冰凉。少年盯着元生雪白的头发和头发下同样雪白的脸，甚至连睫毛也是雪白的。这是一种白色的力量，每回都能洞穿他的心思。我看到了衣夫人，少年说。他听到自己的声音是干巴巴的。

元生的眼神变得有些捉摸不定。他的脖子紧紧地贴着蛇皮。唢呐爷抬起头，冲着庙门的方向打了一个长长的哈欠。庙门外，干燥的风吹过茂盛的草丛，发出如海浪一般的声音。但是没有人见过海。海远在千里之外。

湖水在夜晚凝固了。藻类植物浮在水面上，如同湖水的毛发。但它们不是，它们是湖水的刽子手。当湖水不再流动，当湖面开始收缩，它们就会大面积繁殖，吸收湖中的养料，杀死湖里的鱼类。当鱼类一条接一条死去，赤裸着肚子浮动在水面上，湖就成为了一具有名无实的空壳。消失是它最终的命运，变成一片柔软的沼泽，像是那些死去动物烂掉的腹部。但现在还没有这么糟，藻类只是零星浮现，远没有成气候。少年讨厌那些黏稠的水藻，油腻腻的，沾在身上很难洗掉。而且蚊虫也在里面大批繁殖。

少年游得很慢。夜晚，湖面上浮荡着丝丝缕缕的雾气，那些蓝色雾气飘进了少年的眼睛里，使他的眼前一片幽蓝。他喜欢浸在水中的感觉。冰冷的湖水包裹着他的每一寸皮肤，没有分别，没有缝隙，将他完完全全地包容进去。他感觉自己也成为了湖水的一部分，他无比平静，忘记了那些令他辗转反侧、连续失眠的胡乱念头与画面。他可以沉浸在此时此刻，而不必思考任何除此以外的事物。当然，他要防止自己不小心触碰到那些恶心的水藻。

月亮的光也被幽静的湖水吸收了。四周静默无声，只偶尔有青蛙与鸟类的鸣叫，还有树林传出的飒飒声。就连这些声响也都是虚幻的，真正真切的只有少年的四肢接触湖面产生的拍击声。这种声音清脆又单调，仿佛整个世界就只剩下这一种声音。

往常，这是少年最平静的时刻，可今天他感到了些许异样。他停止游动，双脚踏水，望向岸边的树林。夜晚的树林是幽暗的，一排排的树木变成了某种高大的黑色柱体，唯独不再像是树。它们连接为一体，像是某个黑暗隧道的入口。他望着那入口处，侧耳聆听。没有任何动静，可异样感依然在。他游上岸，将衣服围在腰间，掏出匕首。匕首上映照出半个月亮，他很喜欢。他朝树林慢慢走去，光脚踩在泥地里，没有声音。

谁？他朝树林方向喊了一声。声音在夜晚不像是自己的。水渍凝结在裸露的身体上，好像形成了一层薄薄的膜。身体在膜中也不像是自己的。他看到一个黑影从入口处走出来。月光下，少年看清了那张脸。他慌忙收起匕首。

衣夫人，他念动这个名字。他低下头，闭紧嘴巴，名字就在嘴巴里被藏了起来。你怎么发现我的？她走到少年面前。她的个头比少年略高半个头，她伸出手掌，轻轻地放在少年湿漉漉的头顶上。她摘下一枚残破的叶子，随手扔掉了。凭感觉，少年说。他低着头，感受着她的手指在自己的头发里搅动，可她很快就缩了回去。

没错，感觉。她笑了，有时我也会有这种感觉，尤其是当有人在暗中观察你的时候，你可以感觉到，但说不出原因。

那幅画面又浮现在少年的眼睛里，因此他把头低得更深了。他害怕她看到眼睛里的画面。你好像很喜欢来这里，她的声音越过了少年的头顶，注视着平静的湖面。你不喜欢跟别的孩子一起玩吗？

不喜欢。少年回答道。

我也不喜欢。她再次笑了起来。她的笑一开始令少年有些莫名的恐惧，但渐渐地，他发觉自己喜欢上这种笑声了。那些人真的很烦人，是不是？她的手放在少年单薄的肩膀上，微微握着，仿佛在寻求某种认可。少年点了点头，虽然他并不知道她口中的那些人是什么人。

明天镇上有集市，跟我一起去吧。她俯下身，在他耳边轻轻地说。然后，她松开了握着少年肩膀的手。

别的孩子都喜欢跟父母去集市，少年的母亲说，只有你是个例外，你为什么不愿意跟我去？说话时她正在准备去镇上的食物和必要的盘缠。每隔一段时间，集市开始的时候，她都要去镇上买来日用品。她将那些东西整齐地摆放在包裹中，她要带着它走很长的一段路。你真的不想跟我一起去？母亲直起腰，看着坐在床头的少年。少年正在摆弄手里的匕首，似乎母亲的话在到他耳朵的中途就消散了。

你这把匕首到底从哪儿来的？父亲躺在床上，眼睛死死地盯着少年手上的东西。父亲的手上拿着一只皮袋子，稍稍一动就叮当作响。皮袋子里装的是酒，酒的味道飘散在空气里，飘荡在父亲的嘴巴里。这张嘴微微张着，和眼睛一齐对准少年手上的匕首。

少年始终没有言语。当母亲的话重复到第三遍时，他站起身，走了出去。母亲摇着头，父亲咧嘴笑着。闭嘴，母亲说，这本该是你干的事，现在却需要我干，我需要扛着那么多东西回来，而你一点忙也帮不上。父亲不再笑了，他在喝。或者说，他在边喝边笑。

少年离开家，慢慢地走在乡村小路上。匕首已经重新放回他的腰间。他现在思考的是另外一件事，这件事让他犹豫不决。但是，他清楚地知道，自己的步子正在朝那件事走去。道路两旁长满了野草。天空湛蓝，又高远又广袤。当他抬起头仰望天空时，总是会有一种想要打喷嚏的感觉。此刻，他没有仰望天空，他远远地看到那辆黑色的车子正朝自己驶来，后面扬起一大片尘土。阳光下，车身闪烁着黑色的光泽，艰难地爬行在乡村坑洼的路面上。他下意识地跳到草丛里，为车子让路。车子却在他面前停下。他看到后面的车门打开了，衣夫人正端坐其中。她伸出一只手，做着招呼的动作。快上来，她笑着说。他盯着她的手臂和牙齿，是村子里少见的白皙。

车子继续在路面上爬行。

司机的后脑勺在前面晃动，沉默如同石像。他和衣夫人并排坐在后面。这是他第一次在白天与衣夫人距离如此之近。这也是他第一次坐进这头奇怪的动物体内。他很想在路上遇到那些平日里嘲笑他的男孩们，让他们看到自己，露出惊讶的神色。但他没有遇到他们，一个也没有，仿佛当他坐进这里，他们就自行消失了。会移动的屋子，他在心里默念。他闻到了从衣夫人身上传来的淡淡的清香。这香气令他莫名紧张。

你很喜欢湖是不是？衣夫人转过头，对他说。少年眨巴着眼睛，没有听清。湖，衣夫人笑着说，我是说，那面湖，听说那里面有水鬼是不是？

不知为何，少年觉得白天的衣夫人比他印象中要显得年轻。树木的影子透过车窗在她的脸上缓缓掠过。

是的，湖。少年说，我喜欢那个地方，但我没见过水鬼。

镇上的集市有时更近乎于一种狂欢。少年透过车窗，发现镇上的颜色似乎与村庄有所不同，还有空气的味道，也与村庄有所不同，但究竟何处不同他却说不出来。在他很小的时候，他曾与母亲一起来镇上赶集，但是集市留给幼小的他的印象并不好——嘈杂的街道，各色人等，三教九流，幼小的他似乎被这一切吓到了，紧紧地跟在母亲身后，拽着母亲的衣角。即使如此，他与母亲还是被人群冲散了，少年至今依然记得自己站在全然陌生的人群中，茫然不知所措的场景。所幸，后来母亲找回了他。自此以后，他就再也不跟母亲去镇子上了。那时我感觉自己变成了另外一种人，少年曾对元生说，那时我感觉自己变成了孤儿。

不过，此时此刻，少年的心境却与此前完全不一样。与衣夫人在一起，他感到很安全。尽管集市依旧是他印象中的样子，甚至比他印象中的还要鱼龙混杂，可他没有半点恐惧感。相反，他感受到一种别样的滋味。我又变成另外一种人了，少年在心里想，可我不知道我变成了什么。

车窗外，人流熙熙攘攘，车子不得不减慢速度，几乎和步行差不多。人群中，有农民、商人、小贩、学生、散兵、拾荒者，他们交织在一起，似乎已不分彼此。少年好奇地打量着他们。他看着其中那些头上包着绷带、走路一瘸一拐的士兵，想到了自己的父亲。在很远的地方，有一种叫作“战争”的东西，他的母亲曾对他说，你父亲的腿就是被这个东西咬掉的。而他的父亲说，很多人根本就没有回来。

父亲只是去那个“很远的地方”逛了一圈，回来就变成了这个样子。想到这儿，少年的心情暗淡了。

车子停了下来。是一家理发店。

我们先进去理个发，衣夫人说，你的头发也该理理了。少年随着衣夫人走进店里，闻到了一股浓烈的肥皂香味。给这个孩子也理一个，衣夫人吩咐道。于是少年洗了头，脖子上围了一条毛巾，坐在一张椅子上。理发师的推子贴在少年的头皮上。他感到了冷，然后头发一团一团掉落下来。衣夫人坐在后面。透过镜子，少年看到一个清瘦的理发师在梳理她的头发。他将衣夫人的几缕头发放在手掌中，用手指摩挲着，仿佛在细细地欣赏。他不时在她耳边轻声说些什么，惹得衣夫人咯咯直笑。少年想转过头看，却被身后的理发师的大手紧紧按住。不要动，理发师用低沉的嗓音说。

少年的头发很快就理好了。你先出去玩吧，衣夫人说，记住理发店的名字，不要走丢了。少年走出理发店前，扭头看了一眼那个清瘦的理发师。他正在细心地修剪衣夫人的头发。两个人都沉默着。

少年走在街上，成为人群中的一员。但他没有去过“更远的地方”。在他的两侧，不时出现一群鹅，或是几只羊，后面有人驱赶着它们。它们来到这里是为了被交易。而我来到这里是为了什么？少年一边走一边胡思乱想。他见到前面有一群人围在一起。挤进人群，他看到是杂耍班在表演，正演到一个男人躺在长凳上，胸前放着一块大石头，另一个男人用一柄铁锤朝那块石头砸去。一声巨响，石头裂成两半，而躺在长凳上的男人完好无损，站起来向着人群示意。人群中爆发出欢呼声。一个侏儒般矮小的男人突然冒出来，绕着人群用帽子收钱。少年注意到杂耍班中间有一个正正方方大约一人高的东西，上面蒙着一大块黑布。少年问侏儒，那个东西是什么？侏儒眼珠狡黠地转动着，你给钱我就告诉你。少年摇摇头，退出围观的人群。他按原路返回理发店，看到衣夫人正在用毛巾擦拭头发。当她将毛巾拿下来时，少年看到衣夫人的头发变得几乎和男孩子一样短。他讶异地看着衣夫人。他从未见过有女人留这么短的头发。

吓着了？衣夫人笑着摸了摸少年刚刚剪完的头发楂，好了，我们走吧。

车子到达旅店时，已是薄暮时分。我应该回家去，少年想，可他还是跟在衣夫人身后，懵懵懂懂地走进了旅店大厅。他不禁有一种梦游的感觉。这是镇上最好的旅店，衣夫人对少年说，她看上去很满意。司机依旧沉默着，拎着衣夫人的行李走上二楼。大厅里的温度很暖和，墙上挂着风景写生的油画。前台的墙上有一只钟表。少年盯着表盘上的秒针和刻度。秒针一点点转动，似乎将空气都拧紧了。村子里只有族长家才有这样的西洋钟。他几乎看得入了迷，直到衣夫人喊他才清醒过来。少年随着衣夫人走到二楼，衣夫人将一把钥匙交到他手上。这是你的房间，衣夫人轻柔地说，我在前面那一间，早点休息吧。

钥匙安静地平放在少年的手掌中。他五指并拢，将钥匙握在手中。金属的钥匙有了温度。

房间的地面铺着木地板，床洁白而柔软。少年仰面躺在床上，却怎么也睡不着。月光透过窗户照进屋子里，轻轻地落在木制地板上，像是一小片干净的手帕。少年凝视着地板上的月光。今天的月亮太明亮了，是它让我睡不着，少年心想。他翻了一个身，脸对着墙壁。四周静悄悄的。

所有的东西都在原地。少年在床上翻来覆去，仍是睡意全无。他干脆走下床，打开门。

门外是一片漆黑。他慢慢地往前走。旅店的走廊上铺着地毯，声音被吸收了。他无声地走着，觉得走廊似乎变得隧道般又深又长。地毯软绵绵的。他的脚步软绵绵的。走廊怎么也走不完。

这时，他在一扇门前站住。是衣夫人的房间。他缓缓伸出手，在门上拍打了两下。我在干什么？少年惊慌起来，他不知道自己为什么要这么做。他想要逃开，门开了。衣夫人站在门后。他逃不掉。你也睡不着吗？衣夫人笑着说，进来吧。

他走进门，走到同样的木制地板上。他的脚步仍旧像是踩在地毯上。衣夫人穿着宽松的睡衣，手里夹着一根香烟。屋子里弥漫着烟味。她的头发短得像是男孩。她背对着他，站在窗前，仿佛陷入了沉思。他可以看到她裸露的后背，两片薄薄的肩胛骨，像是两片小翅膀微微翕动着。月光中，结痂的伤痕清晰可辨。那晚的画面猛然间再次浮现在他的眼睛里。还有那种奇特的音乐，也在他耳边再次响起。他站起身,走向衣夫人。似乎有血正缓缓地从伤痕中流淌出来。他伸出手，抚摸着这个女人后背上的伤痕。他可以感觉到，当他的手指第一次触碰到她的后背上时，女人的肩膀明显地颤动了一下，但很快恢复了平静。他沿着伤痕的形状，感受着结痂的皮肤的褶皱感，像是在探索某种新鲜的事物。

吻我。衣夫人说。

他开始亲吻那些疤痕。柔和而耐心地，像是在啜饮泉水。衣夫人仍然凝视着窗外,手中的烟静静燃烧着。没有风，细细的烟柱几乎凝固不动。事实上，一切都凝固了。

我变成另外一个人了，他听到自己的声音在耳边说。

一个戴猴脸面具的孩子穿梭在茂密的草丛中。一片鸟的影子薄薄地浮动在他的上方。进入四月，荒草的长势更加汹涌。只要有空地，杂草便破土而出，一夜之间就长到齐腰高度。风带来的种子已经生根发芽了，村子里的大人说,它们会把土地吸得精光。没错,在荒草欣欣向荣的同时，庄稼和其他的植物却迅速地枯萎了，河水也窄了许多，孩子们再也无法像以往那样跃入水中了，因为河水变浅，河床也露了出来。土地开始干涸、龟裂，老人们捏起稀松的沙土，满面愁容。这一切都预示着旱季的到来。

而这个戴猴脸面具的孩子在草丛中飞跑。他浑身似乎有无穷的力量，正无从释放。远远地，他看到了那间房子。房子被草丛轻轻地托举着，仿佛悬浮在草丛上面。戴面具的孩子停下来，环视四周。他意识到自己正置身于一片草的海洋。然而他是没有见过大海的。

元生。他冲那间房子喊着。他走近房子，看见了房檐上挂着的千奇百怪的东西。有死昆虫、死鸟、死青蛙，甚至还有一条死蛇。它们都被绳子悬挂着，在太阳的烘烤下成为近乎于某种奇怪的木头。对此情景，他早已习惯。他对着房子的大门喊，元生。

从门内走出来的不是元生，而是元生的母亲。元生他出去玩了，元生的母亲说，脸上带着温和的笑容。自从那个经常殴打她的丈夫上吊死后，人们经常可以在她的脸上看到这种笑容。进屋子喝口水吧，她继续说。戴面具的孩子摇摇头，转身飞快地跑掉了。

来到破庙里，少年将面具摘下。破庙里空无一人。由于跑得太快，他气喘吁吁，拿面具扇起风来。

少年找到元生时，眼前是一幅奇怪的场景：元生腰间绑着绳子，绳子的顶端拴在一棵树粗壮的树枝上。元生就这样任凭自己挂在树上。树很高，元生也变得很高。少年走到下面，抬起头看着自己的玩伴。元生一动不动，两眼直视远方。

你在做什么？少年嬉笑着说。他重新戴上了猴脸面具。

我发现这样能让自己平静下来，元生看也不看少年，说，这种感觉很奇妙。

但是我觉得你的样子很可笑。少年笑着说。

你什么也不懂。元生的语调很平静，却使得少年大吃一惊。他以前从未听过元生说出这种话。你不下来了吗？少年问。我当然会下来，元生说着开始解腰间的绳子。片刻后，他垂直落入草丛中，发出一声沉闷的响动。他站起身，掸掸身上的土，走到少年近前。这是从哪儿来的？元生好奇地打量着少年脸上的面具。少年觉得，元生终于又变回了从前的元生。

集市上，少年轻描淡写地说。他没有告诉元生面具是衣夫人给他买的，更不会告诉他那晚发生的事。他什么也不懂，少年在心里面说。他的秘密在他的嗓子眼里，慢慢地，他感受到它沉进了更幽深的地方。风吹过，拴在树上的绳子摇摇晃晃。

刚才的感觉很奇妙，元生说，我悬在半空中，看到了平常看不到的东西。

你看到了什么？

我看到了很多东西，看到了很远的地方。元生讲到这里停住了，似乎在思考该怎样描述。过了一会儿，他问道，你有没有想过走出去看看？少年摘下面具，走去哪儿？元生说，当然是很远的地方。少年盯着元生的眼睛。不，他说，我讨厌很远的地方，那里让我的父亲丢了一条腿。

黑夜中，少年的身影是白色的。湖岸旁长满了野草。野草看不见的根茎吮吸着水脉，湖水开始萎缩，留下大片沼泽地。少年的脚插进油膏般的沼泽内，拔出来时，他的双脚已变成黑色。他厌恶这种滑腻的感觉，他急迫地想要湖水的冲洗。

在湖水中，少年的脑袋是明亮的。而他身体的其他部位却很幽暗。他的动作僵硬，或者说有一种厌倦。后来，他干脆平躺在湖面上，任凭水流推动自己的身体。这个时候，他可以看到空中缓慢挪动的星辰。他不知道缓慢挪动的是星辰还是自己的身体。

只有在这里，少年的心才真正平静下来。自从镇上回来，他就感觉有一种莫名的躁动在身体中左突右撞。他时而兴奋，时而沮丧。那个凝固的夜晚是一个梦，留在了他的身体里。第二天一早，他在撒尿的时候，发现自己的胯间长出了淡淡的绒毛。没有人再会叫他残废了，但不知为何，他却高兴不起来。某种恐惧感攫住了他。他不知道是怎么一回事。

之后的日子，他几乎每天都会来到湖边。他不知道自己是不是在寻找一个身影。不过，他没有看到那个身影。这里只有他一个人。就像以前一样。

他闭上眼睛。他的身体如同一片叶子，漂浮在水面上。

一个奇怪的声音传入耳中。那声音速度很快，距离也越来越近。少年睁开眼。借着月光，他看清是一条水蛇正急速朝他游来。水蛇的身体扭动着在水面滑行，留下一道扭曲的波纹。少年急忙朝对岸游去。水蛇没有来追赶他，而是转向朝另一侧游去。

少年坐在沼地中。他的大脑和四肢似乎僵止了。他的嘴在喘息。他的胸口在剧烈起伏。只有他的眼睛，发觉了那个身影。那个身影纵身一跃，跃入湖中。那个身影开始在湖中游弋。少年想到了蛇，但不知为何，他并没有大声呼喊。他冷静地注视着湖中的身影，仿佛看到那扭曲的身体正悄然向湖中的身影逼近。直到二者交会时，他看到湖中的身影抓住了它，朝岸边游来。少年注意到她的手中握着的是一根树枝。

她将自己裹在一条毯子里。她坐在他身旁，带着湖水的气息。这里是个好地方，她边擦拭着那头如男孩般的短发边说，你说里面真的有水鬼吗？少年一动不动，荒草在夜色中如同黑色的烟雾在浮动。我不知道，他说，我没见过。这时，他感到自己的手腕被攥住了。转过脸来，他听到她的声音在头顶说，你不敢看我吗？

于是他转过头。他看到毯子从她的身上滑落。潮湿而光滑的身体。清冽的月光照耀着脊背上的伤痕。新的伤痕。清晰且触目。他轻轻地抚摸着脊背上的伤痕,然后伸出舌头,用舌尖轻轻触碰。舌尖上是苦涩的咸。

他为什么打你?

她沉默不语。忽然,她举起那根树枝。一瞬间,少年下意识地低头闪躲。树枝并没有落在他的头上,而是被重新掷入湖中。他似乎看到树枝重新化为水蛇,遁水而走。

他看到她的身体在颤抖。他为她盖上毯子。他们并肩坐在荒草中,任由荒草将他们淹没。像你这么大的时候,她轻轻地说,我遇到过水鬼。他望着她的眼睛,静静地听着她的讲述。那天我偷偷来这里游泳,突然有什么东西抓住了我的脚,我使劲往上游,可是没用,我很快就被拽进水里。我无法呼吸,脑子里全是嗡嗡的声音。那种声音很漫长。水流挤压着我。我以为自己就快要死了,紧闭的眼睛里是耀眼的金黄。后来,那东西松开了我。我浮了上来,游到岸边。我难受得吐了很久,用尽了所有力气。我回到家时,他们以为我生病了。我没有对他们说这件事。他们很着急,因为第二天就是我的婚礼。

第二天，他们如期把我送上了婚轿。

风停了，窗外是石头一般的黑夜。雾气从草丛中升起，缓慢地向前推进。

父亲仰着头，看着墙面上一队正在整齐地爬行的蚂蚁。屋子里弥漫着酒气。父亲一动不动地观察着蚂蚁，仿佛入了迷。你看，父亲摊开手掌，这是一只可怜的小动物。他的手掌里有一只指甲盖大小的蚂蚁，每当它快要爬出父亲的手掌时，都会被他用手指拨回去。你说它会不会思考问题？父亲因酒精而红肿的眼睛盯着手掌中的蚂蚁，仿佛入了迷。

而少年心不在焉地盯着那盏昏暗的油灯。他的眼睛盯着细长的火苗，但他的心没有盯着看。他的心在想着别的事。父亲乐此不疲地玩弄着手中的蚂蚁。你说它会不会感到害怕？

母亲去送缝好的衣服还没有回来。外面的雾越来越浓了，少年想，母亲会不会迷路？最近一段时间，屋子里的蚂蚁越来越多了，它们不光啃食木头，也开始啃食衣料。

我们应该想个办法，母亲曾在某一天说起，因为找她缝补衣服的人越来越少了。

但他们对这些蚂蚁毫无办法。母亲买来了灭蚁药，可蚂蚁丝毫不见少。它们是从草丛里钻出来的，母亲说，杂草越来越多了，现在只要有空地，就会长出草来。

少年躺在床头，似乎可以听到墙根处杂草蠢蠢欲动的响声。

唢呐爷失踪了。那天他走入漫无边际的荒草的海洋，就再也没有回到破庙。几天后，村子里响起了唢呐爷的唢呐声。苍凉的唢呐声在每个人的心上投下了一片荫翳。这个老疯子，人们骂道，但对唢呐爷毫无办法，因为他们找不到他究竟在哪里，那些随风浮动的草丛隐没了他的踪迹，只有唢呐声总是毫无征兆地响起，成为了村里人的梦魇。

母亲回来了。灯光照在她面无表情的脸上。

她走到桌子前，吹灭了油灯。

屋子陷入漆黑。母亲上床，用被子紧紧裹住身体。我头痛得厉害，她迷迷糊糊地念叨着，不一会就传来鼾声。蚂蚁从父亲的手中逃脱了，融入黑暗。父亲仍盯着自己空荡荡的手掌，是如何被黑暗吞噬的。他慢慢躺下，慢慢地进入睡眠。他梦到了蚂蚁。更多的蚂蚁，聚集在死者黑乎乎的脸上，仿佛死去的五官仍在蠕动。他四肢着地，像个动物一样在战场上爬行。子弹在空气中寻找温热的躯体。他在一具尸体前停下，大口喘息着。接着，他拿起一块石头，砸掉了死者的牙齿。他盯着自己的手掌，上面放置着两颗金牙。这时，一颗炮弹在近处爆炸，一枚铁片嵌入他的大腿。他想叫喊，但他不知道自己是在梦里，因此他的叫喊是无声的。他看到那些蚂蚁平静地爬上自己受伤的腿。数不清的蚂蚁，不断地往上爬。

叫喊是无声的。

元生，你看到了什么？少年在树下问。

我看到了一队奇怪的人，元生说，他们拉着一个黑色的盒子，就快要到村子里来了。元生说这些话时，声音是飘忽的，可能与他将自己挂在树枝上有关，也可能与他几乎一整天都没有吃东西有关。少年带食物过来，但却被元生拒绝了。我感觉自己越来越轻，元生说，这让我很舒服。

但是你现在看起来很虚弱，少年说。在少年眼中，现在的元生就仿佛一个将死之人——他原本雪白的皮肤此时变得更加苍白，紧闭双眼，嘴唇干裂，说话也有气无力。好几次，少年都担心元生会死掉，于是他爬上树，想用匕首将绳子割断。每当这时，元生就会突然睁大眼睛，说，如果你敢这么做，咱们就绝交。

少年觉得元生简直不可理喻。他站在树荫里，看着充沛的阳光将元生裹挟，而元生的皮肤显得近乎透明。有时少年会升起一个强烈的念头：元生将消失在阳光里。这念头使他害怕，同时也令他伤心。

那是些什么人？少年问。

不知道。元生说，不过他们很快就要来了，来了就知道了。

终于，元生自己解开了绳子。当他双脚落地后，就像是忽然间变了一个人。饿死了，元生喊着，有没有带吃的来？接下来他开始狼吞虎咽。少年笑着说，把自己吊在树上，真的能看见很多东西吗？元生一边咀嚼着一边含混不清地说，当然，我能看到很多很多东西，这是一种奇妙的体验。

你还看到了什么？少年问。

我还看到了唢呐爷，元生说，我看到他在林子里跟动物生活在一起，衣服破破烂烂的，像是一个野人。

少年想起在唢呐爷失踪前的一段时间里，唢呐爷每天大部分时间都在凝视着自己那把唢呐，目不转睛，沉默不语，这样的状态会持续一整天。唢呐爷，你在想什么？某天，少年忍不住问道。唢呐爷抬起头，对着少年笑了笑。他的神色有些迷离。我的唢呐自己出声了，唢呐爷说，就在一天晚上，在我的手边，我听到它自己奏起了一段曲子。可是唢呐是死的，它不会自己出声，少年说。是的，我知道，唢呐爷说，可是我确实听到了，很清楚，或许它才是活生生的，而我才是死的。或许我和它都是死的，只有曲子是活的。究竟什么是活的，什么是死的？

那一天，唢呐爷说了很多莫名其妙的话，少年一句也听不懂。后来，唢呐爷就失踪了。让他没想到的是，唢呐爷竟然与林子里的动物生活在了一起。这究竟是怎么一回事？不过，他怎么能确定元生说的就是真实的？

那你还能看到什么？少年问。

元生咽下嘴里的东西，盯着少年的眼睛。我还能看到你眼睛里的东西，元生的脸上露出戏谑的笑容，我看到你喜欢衣夫人。

少年的脸在发烧。风变得炽热。元生的脸在茂密的草丛中有些捉摸不定。他抓了一把草，握在手里。我说的不对吗？元生说。我不知道，少年回答道。

然后，他们沉默了片刻。这期间，树荫悄悄挪动着。那你能看到你自己吗？少年突然问道。

好像能看到，又好像看不到，元生说，我还没法看清楚。

四月的风轻轻地吹拂着草丛，同时又带来更多的种子。他们的对话也到此为止了。少年走在回家的路上，他的影子浮动在草丛里，就好像另一个人在紧紧地跟随着。只要有日光，他就怎么也摆脱不掉。

他来到湖边时，她正站在岸边的草丛里。湖面波光粼粼，而她正望着它，好像在思考什么事情。她是在寻找水鬼吗？他不知道，他只注意到她的侧影。不得不说，这是一个美丽的侧影，却也是让他有些害怕的侧影。他不知道自己是否应该朝这个侧影走去。

当他想要转身离开时，他忽然意识到，此刻自己正戴着那副从集市上买来的猴脸面具。当时，她的手轻轻地从挂在竹竿上的众多面具中将它摘下，然后戴到他的脸上。这个很适合你，她说，就当是我送给你的礼物。

这是一张毫无特色的猴子的脸，上面有两个洞，用来放置双眼。此刻，他的双眼就镶嵌在这两个洞中，而他的整张脸正镶嵌在这副面具里。他抬起手，摸了摸它。

他朝那个侧影走去。

当他接近这个侧影时，更多的形象呈现在了他的眼中。他看到女人颧骨的一处瘀青，还有额角的肿块。阳光照在这个女人受伤的脸上，竟是如此动人。他看到女人慢慢地转过头来，嘴角浮起微笑。但他不知道她是在对着自己，还是对着这副面具在微笑。

他感到自己仿佛只剩下了一双眼睛，在凝视。

草丛不时发出飒飒的声响，那是风在吹拂。笼罩在湖面上的阳光很稀薄，充满了几乎肉眼观察不到的细小的水珠。当蚊虫浮游在湖面上空时，翅膀因沾染了水珠而变得沉重。它们成群结队，发出沉闷的、从不间断的嗡鸣。偶尔会有一只癞蛤蟆蹿到湖中的岩石上，射出长长的舌头，将其中的一只蚊虫卷入腹内。水珠接连破裂。有一种叫蜉蝣的小虫子，他突然想起元生说过的话，它的生命只有一天。

朝生暮死。元生说。

他不知道自己为何会想到这些。他此时看到的是女人那张残破而美丽的脸。他走向湖面，双脚浸入了泥沼而浑然不知。他纵身跃入水中。当他再次钻出水面时，他的手里攥着一条细瘦的鱼。他攥着那条鱼走上岸。他浑身湿漉漉的，面具也湿漉漉的，水流不停地滴落，但他的眼睛被水洗过后显得更加明亮。鱼在他的手中不停地摆动身体，想要挣脱。

是他干的？他问道。由于隔着面具，他的声音似乎也与平日不同。

你现在的样子很可怕。她说。一种怜爱在她的眼中闪烁。

他为什么要这么对你？他说。鱼在他手中挣扎不止。我现在的样子很可怕，他在心里说，但我看不到我现在的样子，我甚至无法确定现在是否真的是我在说话。

他将鱼扔到草丛里。它拍打着鳍，鳃艰难地翕动着。

你应该离开他。他说。

她弯下腰，拾起那条将死的鱼，走向湖面。这时，它突然从她的手中蹦起，跌入沼地中。它的身体紧紧地被泥沼吸附，再也没有了动静。

你为什么不离开他？他说。

她重新拾起那条沾满了泥水的鱼。此刻，它在她的手中很安静。她轻轻地将它抛入水中。

她转过身。

有时我不知道自己在做什么，她说，你也一样。

那天我在水里看到了自己的倒影，元生说，我发现了另外一种东西，但我看不真切。青草的影子在元生的脸上晃动，这一次，他在草丛中发现了一只死去的麻雀。他用绳子将麻雀拴起来，挂在房檐上。有时我觉得它们没有死，元生继续说，夜里我可以听到它们在唱歌。当它们埋进了土里，才算是真的死了。或许埋进土里也没有死，就像是这些野草的根茎，它们在地下比在地上还要茂盛。人们根本奈何不了它们。

少年听着这些奇谈怪论。元生的话可以进入他的耳朵里，却进不去他的脑袋。他的脑袋被另一些事情占据了。少年觉得自己的脑袋在此前的十几年的生命中从未有过的沉重。他很想知道，人是不是越长大脑袋就越沉重？那些大人们的肩膀上是不是都扛着一颗沉重的脑袋？

我看见大少爷了。元生说。

这一次，声音进入了少年的脑袋里。他抬起头，望着元生。哪里见到的？他问。就在林子附近，元生说，他骑着马，在林子周围慢悠悠地走着，后来就回去了。

他为什么不开他的汽车？

据说那辆汽车是大少爷送给衣夫人的礼物。元生说。

少年再一次沉默了。元生的话在父亲那里得到了证实。这么多年，他只留下了那辆汽车，父亲说，其他的什么都没了，就像我一样。如果不是他老子有钱，现在恐怕还不如我。父亲说话时，少年可以听到酒水在他的嗓子眼里摇晃的声音。

自从大少爷回乡后，就一直闭门不出。村子里的人都传说他在省城差点丢了命。据说这些年来，大少爷在省城接触到了很多“大人物”，甚至还见到过大总统。后来这些“大人物”中有的成为了他的敌人。当初大少爷根本就不应该去省城，村子里的人说，不该伤他父亲的心。

回乡一个月后，大少爷重新出现在人们的视线中。他依然戴着那顶白色礼帽，帽檐压得很低，阴影遮住了眼睛。他骑着马，四处闲逛。几天后，大少爷宣布村子里将要成立“锄草队”，因为疯长的野草已经使土地开始变得荒芜。于是，人们看到大少爷骑着马，奔赴村子各处指挥锄草的工作。人们先是割草，将野草捆成一个个小山丘，然后用火集中焚烧。一时间，村子里到处都是忙碌的身影，到处都飘荡着灰色烟雾和呛人的气味。

起初，锄草的效果是明显的。可是没过几天，刚刚露出的土地又重新被野草覆盖，甚至比之前还要旺盛。草的根还在地底下，人们纷纷议论，再说还有风——风带来了草的种子。

你可以阻止野草生长，人们说，但无法阻止风。

然而人们依然可以看到大少爷骑马的身影不停地在村

子的各个地方穿梭。人们很乐意帮助他，因为参加锄草的人都可以得到相应的报酬。

一天，元生找到少年。我给你看一样东西，他神秘兮兮地对少年说。他们来到那棵大树下。少年一眼就看见了那只西洋钟。它此前一直挂在族长家的墙上。

是我偷来的，元生说。他双手将西洋钟捧在胸前。少年看到正中间是一个圆形的表盘，里面有两根针，其中的一根在持续不断地绕圈，另一根则一动不动。

你偷这个干吗？少年感到莫名其妙。

你知道这是什么吗？元生问。

西洋钟。

错了，元生的语气开始变得兴奋起来，这是时间。你仔细看看它。于是，少年俯下身，眼睛几乎都快要贴到表盘上。他听到里面持续不断地传出“嗒嗒”的声响。这是一种单调而稳健的声音。

这是什么意思呢？少年问。他直起身。这时，他惊讶地看到一种不同寻常的光彩正在元生的眼神中游弋。我不知道，元生说，我只是感觉它围绕着我，我看不见它，但它围绕着我。这是时间。

杂耍班是在一个清晨来到村子的。他们带来了三辆马车，其中的一辆格外引人注意。那辆马车用一块大黑布蒙着，人们看不到马车究竟拉的是什么东西。杂耍班找到一块空地，开始搭建表演用的台子。他们把表演需要的东西一样一样从另外两辆马车上卸下来，摆在空地上。空气里依然弥漫着焚烧过后的焦煳味，引得一个侏儒般矮小的男人总是喷嚏不止。他们开始表演的是胸口碎石、耍花坛、吐火、脚踏钢刀等常见的内容。人群渐渐围拢过来。杂耍班表演得很卖力，但人们的目光被黑布里的东西吸引了。

一个表演结束，那个不停打喷嚏的侏儒就拿出一个帽子，绕着人群收钱。

给我们看看那里面的东西吧。人群中有人说，立刻得到了附和。

那里面没有东西。侏儒说。

显然，他的回答没有令人们满意。于是人们心照不宣似的将双手背在身后，一个子儿也不出。侏儒转了好几圈，帽子里仍然空空如也。侏儒看向帽子里面，叹了口气，仿佛帽子是一个深不见底的洞穴。

给我们看看吧，给我们看我们就给钱。人们说。

侏儒看上去很生气。你们请便吧，侏儒喊道，我不想让你们看，我有权力不让你们看。人们嬉笑着散开了，只留下杂耍班的几个人和摆了一地的道具。他们没有说什么，默默地将道具一一收起来，然后开始搭帐篷。他们准备在这里过夜。

到了晚上，他们被一些奇怪的响声吵醒。侏儒走出帐篷，看到帐篷已经被村民团团包围了。村民们手持火把，一点点朝他们逼近。你们要干什么？侏儒的声音有些颤抖，就像是村民手里抖动的火焰。

我们要看看马车里装的究竟是什么，村民们回答，如果你们是强盗怎么办？我们要检查一下里面究竟是什么东西。

我们不是强盗，侏儒回答，他的嘴角挂着一丝尴尬的笑容。杂耍艺人们在火光中面面相觑。两方对峙着。村民们继续走近帐篷。好了好了，侏儒说，给你们看就是了，我们是好人，但是我有一个请求，我希望你们把火把灭掉。

为什么？村民们问道。

因为你们会吓到它的。侏儒说。

吓到谁？

马车里的东西。侏儒说。

这回轮到村民们面面相觑了。不行，有人说，谁知道里面究竟是什么？万一……这句话得到了大多数人的赞同。侏儒的脸色在火光的映衬下很难看。好吧好吧，他像是在喃喃自语。他走近那辆蒙着黑布的马车前。他的手抓着黑布。有人注意到，他的面色此时可称得上是悲伤了。黑布被掀开了。

呈现在村民眼中的是一个硕大的铁笼，里面趴着一个黑乎乎的东西。人们走近铁笼。铁笼在火把的映照下闪烁着寒光。那个黑乎乎的东西突然发出了一声巨吼。最接近铁笼的那几个人扔下火把，扭头就跑。

老虎！他们喊道，是一只老虎！

村民们吓得散开了。那些看到笼中之物的人气喘吁吁地回到家，喝下几大碗水，才略略平静下来。是老虎，他们对自己的家人说，是一只银色的老虎，我看得很清楚，它的毛发是银色的，就跟银子的光泽一样。是，我没见过真老虎，但我总见过银圆吧？它的皮肤就跟银圆的颜色一模一样。

第二天一大早，杂耍班的帐篷外聚集了一大帮村民。他们都是来看银色老虎的。村民们准备好了铜板，排着队将铜板扔进侏儒的帽子里。帽子很快就满了，沉甸甸的。侏儒不得不把铜板倒出来，好迎接新的铜板。

银色老虎趴在铁笼里，闭着眼睛，下巴枕在厚厚的爪子上。它的身躯很结实，毛发全都是干净的银色，在阳光中有一种摄人心魄的威严和美。村子里的老人们也不得不承认，他们从未见过这样的老虎。人们挤得里三层外三层，侏儒则忙着用帽子接住铜板。

在银色老虎面前，人们不敢大声说话，甚至不敢大声喘气，唯恐惹恼了它，引来什么灾祸。而它睡着一般，总是保持着同样的姿势，似乎不屑于睁开眼睛，看看周围的人和事物。只有当鼻息间毛发微微颤抖时，才证明这确是一只活物，而并非雕像或神龛。

空气中焚烧草丛的气味还未散去。侏儒帽子里的铜板越垒越高。

少年也混杂在人群中。当侏儒的帽子转到少年面前时，帽子停了下来。我们又见面了，孩子。侏儒笑着说，帽子在他手里丁零作响。你还记得我？少年说。当然，侏儒说，我们去过很多地方，也能够记住很多事情。

少年看了看老虎——它依旧保持着原先的姿势，只有它的尾巴会不时抬起，用来驱赶蚊虫。

你们去过什么地方？少年问。

很多很多地方。

那你们也去过很远的地方？

侏儒点点头。是的，他说，我们去过很远很远的地方。还有它。他的眼睛望向身后的老虎，它一直陪着我们。

少年盯着侏儒的眼睛。他想从他的眼睛中看到些什么。但他什么也没看到，侏儒的瞳孔里只有一片浑浊，或者说，那是一团令他摸不透的由悲哀聚集的烟雾。

到了下午，人们渐渐失去了耐性。它为什么一动不动？人们议论说，难道我们给了铜板，就是为了看一只睡着的动物吗？它为什么不睁开眼来看看我们？人群中的喧嚷声越来越大，终于，一个孩子拾起一块石子，掷向铁笼。石子击中了老虎的额头。片刻间，人群安静下来了。只见银色老虎睁开了眼睛。快看，人们悄声说，它的眼睛是蓝色的。蓝色的眼珠扫视黑压压的人群。人们注意到它的瞳孔缩小了，它下意识地想要向后退，却撞上了铁笼。第二块石子就是在这个时候飞过来了，紧接着是第三块、第四块……老虎将头颅深深地埋入爪子里，像是一个人一样蜷缩起来。

人们哄然大笑。人们这才意识到，无论它的毛发是什么颜色的，这只是一只饲养在杂耍班里的老虎。它应该为我们提供演出，人群中有人喊道。很多人开始附和他。侏儒的眼神中闪过一丝慌张。

它生病了，他解释说。

不行，村民们说，我们给过钱了，除非你把钱退给我们。

侏儒的脸色很难看。他的手里还捧着那只装满了铜板的帽子，更多的铜板放在帐篷里的布袋中，混同于此前他们表演的报酬，但他知道，村民们是无法分清哪些是他们给的，哪些不是。于是，他将帽子放在地上，掏出一串钥匙，打开了铁笼的门。老虎仍蜷缩在角落里。他吹了几声口哨，它才不情愿地抬起头，慢慢地走出笼门。

失去了铁笼的老虎，使村民们重新安静下来。他们看着它在侏儒的指挥下做着一些蹦蹦跳跳的动作。它很听话，但看上去也很虚弱、笨拙。就像是我家的狗，有人小声嘀咕道。人们把剩余的铜板扔到那顶帽子周围，散开了。

侏儒弯腰捡拾满地铜板。他看起来很疲倦。他突然很想再看一眼那个少年。但他不知道的是，少年早早就离开了——他没有铜板。

夜里，虫子在侏儒的耳边叫个没完。蚊子化作一小团嗡鸣声，围绕在他耳边。他伸出手，朝那团声音抓去，却什么也捉不到。声音安静了几秒钟，然后又响了起来。

他紧紧地闭着眼睛，强迫自己入眠。可不管用什么办法，他的脑袋就像是石头一样干涩，毫无睡意。夜晚似乎将所有细微的动静都扩大了。他的耳朵和脑袋里塞满了各种声响，还有月光。明亮的月光将他们的营地照得如白昼一般。侏儒睁开眼，望着月亮。他感觉自己从未见过这么大、这么亮的月亮。这硕大的月亮使他有些恐惧。他站起身，走到铁笼前。他看着笼中那个黑黝黝的庞然大物。他打开笼门，轻轻地抚摸着它的毛发、头颅和背脊，将自己的脸贴到它的额头上。过了一会儿，他流下了泪水。而它深蓝的瞳孔在夜晚显得很柔和，正静静地凝视着他。

这时，他听到了脚步声。脚步声被夜色放大了。他看到一个男孩正慢慢走过来。令他惊奇的是，男孩的皮肤像还未被玷污的雪一样白皙，甚至还散发着荧荧的微光。就像是一个幽灵，侏儒想，但他是从未见过幽灵的。男孩的脸上没有表情，但目光十分坚定。黑色的眼珠在那张白雪似的脸庞上格外显眼。

你是谁？侏儒问。

男孩没有回答。他径直走向铁笼。铁笼中的银色老虎注视着男孩。

不要招惹它，侏儒警告说，否则会让你好看。

银色老虎发出低低的吼声。

我可以听懂它的话，男孩说。

哦？侏儒打量着男孩，那你说说看，它跟你说了什么？

它说，它想要离开这里。

侏儒轻抚着老虎的背脊，沉默不语。夜晚突然变得安静了，连一直聒噪的夜虫也息了声。只有月光依旧明亮，像是放入水中的蜜，缓缓地沉浸在他们周围。

我想要跟你们一起离开，男孩说。他的话音和目光一样坚定。

杂耍班在夜里离开了村子。没有人知道他们是什么时候离开的，只知道是在夜里的某个时刻。几条崭新的车辙通向村口。在杂耍班待过的空地上，草丛被压扁了，还没有恢复过来。一些没有看到银色老虎的孩子哭闹起来，然后父亲的巴掌就落在了他们的屁股上。

锄草的工作依旧在进行。杂耍班和银色老虎的记忆将沉淀在村民们的记忆中，与其他乱糟糟的记忆一样落满灰尘，直到某个特定的时刻才会拿出来，赏玩一番。日子在进行。

元生不见了。少年几乎找遍了整个村子，也没有发现元生的影子。他到元生家时，元生的母亲正坐在门口的椅子上晒太阳。阳光强烈，她很享受地眯缝着眼睛。他跟我说过，她对少年说，他早晚会离开这里。

他不会回来了，她说，就像他的父亲一样，永远不会回来了。

树木的影子流泻在草丛中，就像是一条阴影的溪流。少年站在那棵树下，仰头凝望。那只西洋钟正被绳子拴着，悬挂在树枝下面。树冠变得更加茂盛了。西洋钟有规律地发出“嗒嗒”的声响，从不间断。少年在树荫中站了很久。然后，他靠在树干上睡着了。梦中，他见到元生骑在银色老虎的背上朝自己走来。

你怎么也不跟我说一下。少年责问道。

你还记得我跟你说过的那种叫蜉蝣的虫子吗？元生问。他脸上的笑容很柔和。

朝生暮死。少年说。

元生满意地点点头，与银色老虎一起转身离开。他们的背影是一点一点消失的。

醒来后，少年感觉身体似乎变得轻飘飘的。他走在路上，却不知道要往哪里去。他只是这样重复着走的动作。他一边走一边用那把匕首砍伐道路两旁丛生的野草。破碎的草茎飘洒在空气中，沾在他的脸上和头发里。浓烈的植物的苦味令他恶心。

在路旁，他看到了那辆黑色汽车正停在草丛中。深深的草丛使汽车失去了轮子，仿佛一只巨大的箱子。衣夫人靠在上面。她朝他招了招手。

好久不见，衣夫人有些疲倦地笑着。她眼圈周围的阴影更加浓重了。我正在学习开车，她说，你将是我第一个乘客。他们行驶在村子崎岖不平的道路上。少年侧过脸，看着衣夫人。她手握方向盘，紧紧盯着前方，神情小心翼翼。她脸上那块紫色的瘀青还没有完全消退。

车子缓慢而平稳地向前，不停地吞噬着底下的路面。一路上，可以看到很多用镰刀锄草的忙碌的身影。我们离开这里吧，少年突然开口说道。

车子停住了。道路与窗外的景色也同时停住。

静默在空气中弥漫。

我们能去哪里呢？她若有所思地望着前方。一只鸟的影子在她的面庞上倏地掠过。此时正是正午时分，人们扛着锄头和镰刀往家的方向走去。他们不时朝这边瞥一眼。

什么地方都可以,少年说。他的身体不自觉地颤抖起来,但只有他自己可以觉察到。只要离开这里,他说。

衣夫人扭过头来,盯着他。她的目光并不严厉,但是却如同审视。少年不禁挪开目光。

你想学开车吗?她的目光重新变得温和。少年眨了眨眼睛。我们调换一下位子,她的语调重新轻松起来。他们换了座位。少年的手握住方向盘。上面有手掌的温度。他的心里有些失落,或者说空落落的——自从元生离开后,这种感觉就一直萦绕着他。他觉得有某些东西从自己身体中消逝了,留下了空隙。

风吹动树林,发出哗哗的声响。车子在林子前熄了火,停放在草丛中,很快被草丛吞没。他们走入林子。林中的阳光是静谧的,悬浮在半空中,仿佛有着自身的重量。他们行走在这片阳光下。更往上,是交相掩映的树枝,阳光就是从这里像漏斗一样一滴滴渗透出来。斑驳的树影流动在他们的身上。越往里走,光芒就越细。芒锋收缩变窄,切割着林子里的荫翳。

有时候，会有叫不上名字的鸟忽然扑棱棱飞起。少年感觉自己的身体在变薄，变轻。

少年看着她脸上的树影。很多野花在开放。各种颜色的蝴蝶扑扇着翅膀，往来穿梭。我喜欢这里，她说，这里让我感觉平静。她的声音很轻，好像不愿去打扰到什么。少年跟在她的身后。她的光滑而优美的脖颈在闪耀。她的气息混合着林子的气息。这一刻，少年恍惚觉得整个世界只有他们两个。他想要让这一刻永远延续下去。

然而，他知道，时间在流逝。那只挂在树上的钟表已停止转动，但时间仍在流逝。他感到痛苦。他的鼻息间是浓郁的花香。

她忽然停下了脚步，示意他不要说话。

一只小鹿，挡住了他们的道路。

它的眼睛闪烁着湿润的光。它看上去很年轻，浑身毛茸茸的。它的角细长，试探似的伸向林间的天空。在路中间，它安静地低头啮噬着青草。他们从它身旁走过时，它并不惊慌，也没有躲避，只是抬起头看了一眼。

他们继续往前走，不知走了多久。阳光一点点偏移着。他们找到一块松软的草地，坐在上面休息。穿过这片树林，少年说，我们是不是就可以离开这里？

她看着少年的眼睛，露出笑容。她轻轻地拂去少年鼻尖上的汗水。

我们能去哪里呢？

随便什么地方都可以，哪怕是。少年的声音低了下来，哪怕是很远的地方。

她的眼睛看向天空，她的笑容也仿佛飘到了远方。有什么东西在她的眼角闪烁。

离开这里，你也会变成另外一个人。她说，而我将变得什么也不是。

那你就要继续忍受他吗？少年嗫嚅着说，他对你不好。

我嫁给他的时候，他跟你差不多大。她说，那时他和你的目光几乎一模一样。我从你的眼睛里看到了当年的他。

鸟雀在头顶鸣叫。少年站起身，朝林子深处走去。他听到她的脚步跟随在身后，于是他加快了脚步。他一直走一直走，没有片刻停驻。直到他看到一个熟悉的身影站在树木的阴影中。

是唢呐爷。他的衣服早已破烂，只用树枝与叶子遮体。他的毛发旺盛、肮脏，藤蔓般纠缠在一起。但少年还是一眼就认出了唢呐爷。那把唢呐缠在他的腰间。

他们对视了很久。他看到唢呐爷似乎笑了一下，但这可能只是错觉。毛发早已遮蔽了唢呐爷的脸和表情。唢呐爷拿出那把唢呐，放在手掌上。他盯着它。这时，唢呐发出了声响。奇怪的是，唢呐的声音不再像以往那般苍凉，而是变得十分平静。唢呐爷满怀柔情地看着手掌中独自奏响的唢呐。那曲子是如此悠长，就像是一阵吹过树林的风。一曲终了，他重新望向少年，眼神好像在询问着什么。

唢呐爷，少年冲那个身影喊，你身体里那块冰融化了吗？

唢呐爷没有回答。他收起唢呐，慢慢隐入了树林的阴影中。

少年听到了身后的脚步声。你为什么跑这么快？她说，我差点迷了路。她的声音由于剧烈的喘息而中断了。少年呆呆地望着唢呐爷消失的地方。鹿的身影在那里一闪而过。

荒草遍野。一个男人牵着一匹黑色的马，在草丛中慢慢地走着。没有云彩的天空铺展在他的头顶。已经很久没有下过雨了，大地龟裂，水井干涸。人们都说，这会是一个旱年。只有野草疯也似的生长，将土地的最后一滴水分也吸收殆尽。它们在经历了火焰后，长得更加旺盛。荒草遮蔽了一切。树木、房屋、汽车，还有孩子和人们的影子。在草丛中人们看不清自己的影子，他们看到的只是晃动的黑色碎片。此时此刻，这一切都无比顺服地匍匐在柔软的草丛中。草丛向上生长，向天空生长。

男人走得很慢。他戴着一只礼帽，帽檐压得很低。阴影笼罩住他上半张脸。他一只手牵着绳子，另一只手抚摸着竖立的草茎。草茎在他的手掌中纷纷倒下，随后又重新挺直。干燥的风吹拂着，风中散播着无数草的种子。

这是午后。太阳洒下耀眼的光芒。

人们在沉睡。阴影似乎也有了呼吸。

男人走在漫无边际的草丛中。一股股热气从马的身上传来，蚊虫叮咬着它。很多年以前，由于某些念头，他沿着这条路离开了家乡。他曾走到很远的地方。那些念头逐渐从虚幻变得实际。后来，它们又重新从实际变为了虚幻。他的手掌从草尖上掠过。他让漫无边际的野草包围着自己和那些念头。他看到野草从那些念头上钻出来，从他的身体里钻出来。如今，这条路早已被这些杂草覆盖。他不知道自己是不是走错了方向。

硕大的向日葵暴晒在灼热的阳光中，像是一颗失血过多的头颅那样低垂着。根茎似乎已承受不住它的重量。

黑色的鸟盘旋在天空中，发出嘶哑的鸣叫。

牵马的男人走累了，他躺在一棵树下休息。他用帽子遮住了眼睛和脸。

一个戴着猴脸面具的男孩出现在草丛中。他已经在后面跟了很久了，草丛遮蔽了他的脚步和身影。他拨开杂草，慢慢地接近树下的那个男人。一把匕首正握在他的手里。日光照在上面，反射出刺目的光芒。那光芒似乎因兴奋而嘶鸣着。

一只蚂蚁爬上草尖。风吹过，草尖开始弯曲。蚂蚁摇摇欲坠。

那个男人在戴面具的男孩眼中越来越大。刺目的光芒期待着。

马正盯着他看，但它没有出声。马咀嚼着周围的草，没有出声。

黑色的鸟盘旋在头顶，它鸣叫着，但没有出声。

垂死的向日葵没有出声。

跌落的蚂蚁没有出声。

这时，戴面具的男孩看到了一双眼睛。她不知何时出现在了草丛的另一端。她的眼睛凝视着他。

树下的男人翻了一个身，继续着沉睡。

他与她对视着。刺目的光芒在他的手中颤抖。

风摇晃着草丛。草丛发出了声音。声音包围着他们。他们感觉那声音似乎是从自己的身体里发出来的。风摇晃着他们各自的念头。

戴面具的男孩收起了匕首。他转身，重新隐没在草丛中。

父亲的酒气笼罩着黑夜中的小屋。

每天晚上，这酒气就像是屋子里的第四个人。一个无形的人，坐在床头，凝视着屋子里其余的三个人。有时，这无形的人会突然扼住他们中某个人的脖颈。而现在，无形的人只是安静地坐着。烛台摆在桌子上，上面没有火焰。

窗外刮着风。到了夜里，风似乎更强了。蚂蚁的活动也更加频繁。它们穿梭在各个角落，有序而忙碌。有时我觉得它们才是这个房子的主人，父亲说，而我是客人。父亲哈哈大笑，少年可以直接看到他的嗓子眼。酒就是从这里灌进去的，这是一个通道，可以将父亲变成另一个人的通道。

少年躺在床上，听着外面的风声。风将夜色吹得通透。月光透过窗子，照在被子上。他注视着月光。事物在他的眼中渐渐发生了变化。房间开始膨胀、变大，地面铺上了木制地板。一个旅店的模样从他幽暗的头脑中浮现出来。他闭上眼。当他再次睁开时，房间里的东西都恢复了原位。他从枕头底下掏出那柄匕首，握在胸前。冰凉的鞘让他稍稍安心。

风声，喘息声，母亲的磨牙声以及蚂蚁的啮咬声连成一片。这是梦的声音。

少年怎么也睡不着。是月光太明亮了，他想。

这时，他看到父亲慢慢地坐起身，披上衣服，下了床。

他盯着父亲的一举一动。父亲的身体有些摇晃，但并不是因为酒精。他拄着拐，来到桌子前。他拉出一把板凳，尽量不发出声响。然后，他不知从哪里抽出一根绳子，向上使劲一甩，搭在了房梁上。他拽住绳子的两端，拧了一个结。他扔掉了拐杖，双手拉着绳子，似乎将全身的力气都用上了。绳子很结实。

少年屏住呼吸。

父亲登上板凳。板凳颤巍巍的。父亲的腿颤巍巍的。绳子也是颤巍巍的。少年感觉父亲周身的黑暗似乎同样在颤巍巍。父亲将脖子套入绳子里。

少年瞪大眼睛，但没有发出声音。他知道一些事情正在发生，但某种力量命令他一动不动。他出奇地冷静，看着那颤巍巍的黑暗将父亲笼罩。

时间静止了。

他很想对元生说：时间是可以静止的。

比如此时此刻。

他看不清父亲的脸，但他能够看到那个无形的人，正和他一样凝视着这一切。

风也安静下来。

他听到了一种奇怪的响声。是一个人在啜泣。父亲身边的黑暗凝固不动了。父亲小声地重复着那种响声，放弃了绳索。他摸索着可以搀扶的东西，从凳子上下来，慢得就像他登上去时一样。他重新拿回拐杖，解开绳结，收起绳子。像是莫名出现时那样，绳子又莫名地消失了。他颤巍巍地走回床边，钻进被窝里。他用被子紧紧地裹住身体，似乎感到很寒冷。

少年看着父亲的后背。这个叫父亲的男人长出来的背部。

父亲伸出一只胳膊，搭在了自己妻子的身上。他紧紧地搂抱着她。

干吗？她半梦半醒中含混不清地说。

睡吧。他说。

她来到湖边时是黄昏。湖面上浮动着一层黄昏油腻的光泽。湖岸旁生满野草，泥沼继续吞噬着湖岸。这里依旧很寂静，湖心处的水藻就像是一个人乱糟糟的头发。她沿着岸边慢慢地走。黄昏的光映照在她的脸上。这张脸上出现了几块莫名的阴影。她的头发已经长到齐肩长了。

湖水静静荡漾着，将所剩无几的光芒揉碎，就像是一道道液体的褶皱。她将头发束到脑后，脱下衣服，身上只穿着那件鲜红的肚兜。她让自己的身体融入到水的褶皱中去。

她不停地游着。从一头到另一头。她感觉自己有着无限的体力。在水中，她有时会看到几条奇形怪状的鱼朝她迎面而来。她并不躲避，而是加快速度，故意撞向那些鱼。鱼却灵活地一闪，避开了她。有时，它们会贴着她的脸游过去。

它们的身体是冷冰冰的。这个湖里的鱼都是冷冰冰的。

她不知游了多久。天空的光正源源不断地流向群山后面。很快，天空出现了几颗星辰。月亮开始发光，但它的光没有温度。她游上岸，坐在草丛里休息。她想到了自己还很小的时候，经常会来到这里游泳。但每次都是偷偷摸摸的，因为家人禁止她来这里玩。游累了，她就会去林子里转转。

她就是在林子里遇到那个男人的。应该说，男人那时还只是男孩。

那时他还不喜欢戴帽子。

我们会在一起的。他说。他带她到家里玩。那是一个很大的宅子。在他的房间里，他开始鼓捣一个奇怪的大家伙。不一会儿，一种奇妙的音乐从那个大家伙中传出来。好听吗？他笑着说，这叫留声机，父亲从东洋带来的。她闭上眼，聆听着。这是她第一次听到这样的音乐。

像是冰块在水中迸裂、消融。

我们会在一起的。他在她耳边说，我会去请求父亲提亲，让你嫁给我。

她发现自己在笑。

风吹干了她的身体，身上就像是长了一层看不见的膜，很不舒服。于是她重新回到水中。这次，她游得很慢，就像是浮在水面上。她闭上眼，任水流推动着自己。

她的脚踝被一只手攥住了。那只手力气很大，瞬间就把她拉了下去。

她的头浸入了水中。她呛了水，使劲往上游。但那只手死死地攥着她，再一次将她拖进水里。就这样反复几次。她已经没了力气，感觉身体在慢慢变软。就这样结束了吗？她想。她放弃了抵抗，任凭身体被那只手拖着沉入水底。

突然，那只手放开了她。她又缓缓地浮了上去。

她拼尽最后一丝力气回到岸边，将肺里的水大口咳出来。泪水迷糊了眼睛。在泪眼婆娑中，她看到一个黑乎乎的人影从湖里走出来，走上岸，走入夜色。

少年来到后山的野坟地。之前的一次地震，后山出现了很多不知年代的棺材，它们原本深埋地底，却被地震震了出来。不时会有胆大的孩子到这里来玩。

在他两侧，是横七竖八的棺材。没人知道它们究竟是何时埋入地底的，更不知墓主的身份。或许在我们的祖先还没到这里时，他们就已经埋进去了，村里的老人说。没人知道这些人究竟是什么人，也没有发现他们的墓碑。

因此，这是一群“无名者”。

此时，少年行走在这群“无名者”之中。他来到其中的一具棺材前，停下脚步。他用力推开了棺材盖。

这是一具很大的棺材，但里面躺着的是一具很小的骸骨。

一个孩子的骸骨。

少年凝视着这具骸骨。他的匕首就是在这里发现的。那天，他在这具骸骨旁发现了它。它是一件陪葬物。

他凝视许久，然后，他钻入了棺内。

他与匕首真正的主人，与那具孩子的骸骨躺在一起。他一点也没觉得害怕，相反，他觉得心里很安宁。

黑暗中，他将那副猴脸面具戴在了匕首主人已成骷髅的脸上。

我拿了你一样东西，现在还给你一样，少年轻轻地说，咱们扯平了。

做完这些后，他一时不知道该干什么，但他不想离开。于是，他就这样静静地躺在匕首主人的小小的骸骨旁。

他合上了眼。

没有名称的世界

八月二十八日这一天，我梦到了我的前世。我的前世是一只狗，但不知是什么模样，梦里我看不到自己的模样。我想把这个梦记下来，因为我怕不久之后就会忘记。我的记忆力总是很差，过去在我的脑子里全是些模模糊糊的概念与感觉，它们在我的脑海中飘荡，有时会忽然闪耀起来，但却汇聚不成整体……是的，我的过去支离破碎。

我开始寻找一切可以用于记录的东西。以前我曾把某些念头写在墙上，后来被母亲擦掉了，还训斥了我一顿。我也曾用粉笔写在地板上，但很快字迹就消失了，我也就再也想不起来我究竟写下的是什么东西。为了不重蹈覆辙，我决定将这个梦写到纸上，就像我现在做的一样。我开始在卧室里翻找起来。窗外天色已明，光束照进来，细小的颗粒在里面扑腾。今天的阳光有点诡异，但我现在不想说它。

终于，我在床底下找到了一个纸箱子。上面覆盖着厚厚的灰尘。我打开它，看见里面放着一些旧时的文具与书本。某些记忆的片段在我的脑子里开始闪烁，我记起它们是我小学时用过的东西。我兴致盎然地将里面的东西一样一样拿出来，摆在地板上。其中的一样引起了我的注意。那是一个蓝色的笔记本，非常薄，拿在手里像是随时会化掉。里面的字迹也已经很淡，但勉强还能认出。从里面的内容看，这是我的日记本。我以前有记日记的习惯吗？我可一点也想不起来了。我像是在读别人的故事般开始读里面的文字。没错，这确实是我的日记，可里面记的内容我是一点也想不起来。日记很快看完了。我把其他的东西全都放回纸箱子，只留下日记本。灰尘在空气里飘荡，呛得我不停地打喷嚏。

“你在做什么？”妈妈走进来，手里还拿着做饭的铲子。她开始斥责我，说我把屋子弄得乱七八糟。我低下头，没有说话。妈妈离开后，我委屈地哭了。眼泪一滴滴掉在满是灰尘的纸箱子上。我想哭得更大声点，好让妈妈听到，这样她就会走过来，抱住我，安慰我……可我的眼泪很快就没了。我默默地将那个梦记在了日记本上，然后躺回床上。我经常就这样躺一整天。妈妈是世界上最爱我的人，她会把小桌子放到床上，将饭菜摆在上面，这样我吃饭就可以不用下床了。可是最近一段时间，妈妈似乎有些变了。不不，妈妈没有变，她仍然深爱着我，是我变了，我开始经常地让她伤心……

这些念头使我心烦意乱，我希望可以尽快忘掉它。今天的阳光有点诡异。平时，它们总是平整的，完满的，除非我将手伸进去，阳光就变得残缺了，出现了缝隙。可是今天，当我把手伸进去时，它们仍然完整，没有受到丝毫影响。我的手孤零零地沐浴在阳光中，无论我如何挪动，阳光都毫不费力地穿透我的手掌。

我饿了。我闻到了从厨房传来的饭香味。我等待着妈妈把饭菜和小桌子搬进来。过了一会儿，妈妈果然进来了。我对她说，今天我要出去吃，去客厅吃。她显得很高兴，这样我就不会把床单和被子弄脏了。我喜欢看妈妈高兴的样子。吃饭时，妈妈拿出了一个东西，那是一只巴掌大小的电动玩具狗。她说今天是我的生日，这是我的生日礼物。我盯着那只玩具狗，我说我不喜欢狗。妈妈没有说话，然后开始哭泣，将玩具狗扔到地板上。她说我变得让她越来越不认识了。听到这句话我很伤心，但我手足无措，不知道能干什么，于是我也哭了起来。妈妈走过来，抱住我，用手帕擦掉我的眼泪。我紧紧地抱着她，我说我害怕，我害怕……我哭得很厉害，甚至有点喘不过气来。妈妈则轻声安慰着我。

我跟妈妈又和好了，我真高兴。此刻，妈妈开始帮我刮胡子。我有一种特异功能，就是可以控制胡子的生长速度，当我想要它快速生长时，它就会长得很快。就像现在这样，黑乎乎的胡子，长满了我嘴唇周围的地带。以前，当它们刚刚长出来时，我非常惊恐，我不知道究竟是什么东西，而且它们看上去很恶心。妈妈却一点也不惊慌，她对我说："该来的总会来的。"然后就开始给我刮胡子，先用肥皂泡抹在上面，接着用一把锋利的剃须刀慢慢地在我的嘴边游走。肥皂泡洗干净后，我发现我的嘴边又干净如初了，可妈妈告诉我说，它们还会冒出来的……

刮完胡子，妈妈走到浴室，帮我往浴盆里灌满了水。那是一个很小的红色塑料浴盆，妈妈曾告诉我，这是我小时候用过的浴盆，我一直都在用它。可是我已经记不太清楚了。它真的太小了，我勉强坐进去，胳膊和腿都露在外面。但我喜欢这个红色的浴盆，每当我用它洗澡时，我都感觉自己回到了小时候。那些已经遗失的记忆在此时开始闪亮，我记起在我很小的时候（当我的身体刚刚可以填满这个浴盆），妈妈就是这样为我洗澡的。就像现在这样，她用干净柔软的毛巾一点点擦拭我的后背、四肢，这个时候我是非常平静的。

洗完澡以后，我的平静达到了顶峰。我觉得自己成了一个淡淡的影子，双脚离地，往前缓缓地飘行，只有妈妈的声音在引领着我，把我领回了卧室。我将玩具狗放进我的那一堆玩具里，然后上床，盯着天花板。过了一会儿，妈妈也上床，躺在我身边，用胳膊紧紧地搂住我。我可以闻到她身上的沐浴露的味道。有时，妈妈会给我唱歌谣，或者讲一些童话故事，有时只是这么搂住我，在我耳边说：“你是我世上的一切……”

是的，妈妈是爱我的，可我总是惹她伤心。

有一天，我梦到她死去了。就在卧室的床上，变成了一具腐烂的尸体，有可怕的虫子在她的身上爬来爬去。我看着她，心里非常悲哀，却一点声音也发不出来。床变得很松软，软得就像烂泥一样，有水从四周涔涔流出。我拿着那个蓝色的日记本，给妈妈的尸体念里面的内容，就像她为我讲故事一样。那时的我非常平静。后来，我醒了过来，回想起那个梦，我吓得大哭起来。妈妈连忙过来安慰我，问我怎么了。我不敢说，只是摇头。

那本蓝色日记本就放在我的床头。渐渐地，它成了我的日常读物。说实话我对里面写的东西一点印象也没有了，它们似乎完全沉入了我记忆的最深处，已经再也无法闪光了。不过我可以想象，想象曾经的生活。

“我曾经有过朋友吗？”我问妈妈。

“有的，只是你后来就把他们忘记了。”妈妈对我说。

我整日整夜地读那本薄薄的日记，想要真正地记起其中的某些东西来，可终是徒劳，我总是像在读别人写的东西，就像戴着手套抚摸东西一样。更让我害怕的是，一些本不属于这本日记里的记忆却渐渐笼罩我的心头。我想起了一个男人。我曾经跟他非常要好，他总是带我去好玩的地方，我们有过许多美好的记忆……尽管具体内容我已经记不清楚，但那种感受却被我重新忆起。

他是我的爸爸。

我的爸爸去哪儿了？当我开始思考这个问题时，我忽然发现对此一无所知，他好像突然就消失不见了。究竟发生了什么？我问妈妈，他去哪儿了？面对这个问题，妈妈显得很惊讶，同时也很不高兴。你怎么想起了他？妈妈阴沉着脸，低声说，他死了。

可我知道爸爸并没有死。因为日历里有这样的记载：“妈妈又在骂爸爸了，骂他在我很小的时候就抛弃了我和妈妈。

妈妈说他是个不负责任的男人。妈妈又哭了。我很害怕。”

我又梦到了我的前世。那只狗。这一次我看见了自己的样子。梦里有一条大河，河水非常平静，我走过去，从水中的倒影看到了自己。一只丑陋的黑色小狗，浑身上下几乎没什么肉，耳朵很长，尖尖地竖着，止不住地颤抖着。我凝视了一会儿水面，然后继续往前走。周围还有一些我的同类，但我不知道它们在哪里，只能听到吼叫和匆匆的脚步声。

梦里我似乎获得了奇妙的知识：我是从黑暗中诞生的。就在某个隐秘的草丛里，那里一年四季都照不到太阳，有一些肉眼察觉不到的粒子在空气中游荡。当它们由于机缘巧合汇聚到一起时，我们便出生了。之所以说“我们”，是因为在梦里我知道不止我是这样，还有很多狗都是这样生出来的。

是的，我们是“凭空”而生的。这使我莫名地激动。

梦里，我经历了很多可怕的事情。与同类争夺食物，撕咬，受伤，围殴……我必须时刻保持警惕，因为可能的伤害无处不在。我总是跑来跑去的，很累。直到我遇到了一个人。那个人我看不清他的模样，只能看到他穿着一双黑色胶鞋。他给我吃的，于是我跟着他，来到了一所房子里。

我醒来后，作为狗的感觉还没有消退。我从床上起来，趴在地上，四肢着地，在地板上爬行。当我快要爬出卧室时，身体突然失去了平衡，额头重重地摔到门框上，发出很大的声响。我的脑袋嗡嗡作响，太阳穴突突地疼痛。我忍不住哭了起来。妈妈被惊醒，连忙下床，抱住我，轻轻抚摸我疼痛的地方，用嘴吹出凉丝丝的空气，为我减缓疼痛。

狗的感觉由于这疼痛迅速消退了。

现在，妈妈在客厅里，不知道在做什么。而我在卧室，躺在床上，看着外面射进来的阳光。我非常想念我的小浴盆，此时我很想坐进去，这样会使我舒服。于是我慢慢地起身，走出卧室。妈妈正坐在客厅的沙发上看电视，但是她很显然是睡着了。我尽量不发出声响，来到浴室，坐进了浴盆里。我必须加倍小心，它曾被我坐坏过，从中间裂开了，现在用防水胶带封住了裂缝。我的身体太大了，相对于浴盆来说，让我有点害怕。但是坐在这里面，总是让我感到安心。

我忽然想洗澡了。妈妈在睡觉，我不想叫醒她。每次我从睡梦中叫醒她，她都显得很不耐烦。那种表情使我害怕，也使我有点伤心。我想还是不要叫醒她为好。于是我打开了浴室的喷头。水一下子从头顶喷涌而出，浇在我身上。可这时我才意识到自己忘了脱衣服。我的头发和衣服几乎是瞬间就湿透了，使我非常难受。我的眼睛里也进了水，很疼，什么也看不见。我可以感觉到浴盆里的水越积越多，我的裤子浸泡在水中。我想要站起来，却滑倒了。

我哭了起来。

不知过了多久，我听到急匆匆的脚步声。喷头关掉了，妈妈用毛巾给我擦脸。我又能看清楚了。妈妈把我从浴室里拖出来，脱掉我的衣服，为我裹上浴巾。又用吹风机吹干了我的头发。做完这些事后，她让我回到卧室老老实实躺着。我回到床上，心中忐忑不安。妈妈一定生我的气了。其实从我开始问爸爸的事，妈妈就已经很不高兴了。她严肃地告诉我，爸爸没有死，那只是她的一时气话。爸爸是离开了我们，自从我被检查出了那种病以后，他就抛弃了我们，再也没有回来。我想管她要一张爸爸的照片，因为我完全不记得他的模样了。妈妈很生气，没有说话，当然也没有给我照片。

现在，我躺在床上，看着外面射进来的阳光。我想着爸爸的事。在我那天突然被激发出的记忆里，爸爸是爱我的，可以肯定的是，我们之间有过许多美好的回忆，尽管具体的我已经记不起来了，但我相信印象。对于我来说，印象远比记忆可靠得多。就像在我的那个梦中，我用气味辨别道路，认清友善与敌意。

后来我就睡着了。醒来后，天已经黑了下来。或许这已经不是同一天了，我的记忆经常出现“断片”。妈妈不在我的身边。自从那天我惹她生气后，为了惩罚我，妈妈拒绝跟我睡觉。夜晚变得如此漫长，如此恐惧。我缩在被窝里，看着一些莫名的影子在屋子里晃动。我又想起了我小时候的一段记忆，那些跟我差不多大的孩子，把我打倒在地，用脚踹我，把土倒在我的身上，还叫我“傻子”。可是我知道我不是傻子，因为我感觉到了疼，傻子会感觉到疼痛吗？直到妈妈跑过来，赶跑了他们。这个夜晚，我害怕他们就隐藏在黑暗中，趁着妈妈不在，爬到我的床上。“你的妈妈再也不会来救你了！”他们笑着说，把土倒在我的脸上……

我的胡子在疯狂生长，我失去了用意志控制它的能力。妈妈还在跟我生气，这几天她都睡在另一个房间，有意疏远我。或许她怕我再去追问关于爸爸的问题。我来到浴室，对着镜子。我看到了镜子里的我，其实我有点不敢看，因为镜子里的我总是与在记忆中我自己的样子不一样。记忆中的我总是一个面色苍白的小男孩，我不知道这个形象是哪一刻印在我的脑子里的……而镜子里的我，是一个胡子拉碴的男人。我忽然觉得这是爸爸的形象。没错，我记起来了！爸爸就是长这个模样。

我来不及欢呼。因为我突然想起来我是来刮胡子的。我谨慎地停留在这个念头上，生怕它不翼而飞。我拿起隔板上的刮胡刀。我有些迷茫，我忘记了妈妈是怎么给我刮胡子的。我把刀放在下巴上，用力，血流了出来，很疼。（我不是傻子。傻子会感觉到疼痛吗？）

血不停地往下滴。我好像犯了什么错？于是我不敢再继续下去，捂着下巴走出浴室。妈妈正好在客厅里，看到我的样子露出惊恐的神情。她连忙让我坐下，给我用紫药水消毒，又用一小块纱布包扎。她抱住了我，抚摸我的头。妈妈原谅我了吗？尽管下巴依然很痛，我却高兴得想哭泣。

果然，这件事后，妈妈又跟我一起睡了。一天晚上，半梦半醒中，我感觉自己记起了很久以前的事。我好像又回到了妈妈的身体里面。幽暗的液体包裹着我，非常温暖。我在其中游弋，伸出手，触摸到柔软的墙壁……我醒来后，下意识地依偎到妈妈怀里，解开她的睡衣，开始吮吸她的乳房。我看到妈妈也醒着，微笑地看着我。我有点不好意思，而妈妈的眼神在鼓励我这么做。于是我放心大胆起来。我听到妈妈在我耳边说："你是我世上的一切……"

我的下巴很快就好了，可我迷上了镜子。我经常会去浴室的镜子前，凝视自己的脸。有时我觉得这是爸爸的脸，有时觉得这是一张完全陌生的脸。我对这张脸无比痴迷，就仿佛隐藏着什么秘密似的。终于有一天夜里，我偷偷起床站在镜子前的时候，妈妈推门进来了。她显得很讶异，但没有说什么。第二天，她拆掉我下巴上的纱布，为我刮胡子的时候，我发现，浴室的镜子不知何时被拆掉了，现在只剩下光秃秃的墙壁，以前镜子的地方与其他地方的瓷砖不是一个颜色，要暗淡一些，就像是一块疤痕。

“镜子会迷惑人的，”妈妈说，“好孩子不需要镜子。”

妈妈真的说这句话了吗？可能这只是我的臆想。总之，我很快忘记了镜子里的形象，这是没有办法的事。我努力回忆，但怎么也回忆不起来。

我想我是否需要的东西太多了？也就是说，我索要的东西或许太多了。在这个阳光充足的房间，我一次次陷入沉思。沉思是美妙的，这一点估计没有人会反对。那本日记我已经读过许多遍了，里面没有任何稀奇的事物，没有我记得起来的细节，也没有爸爸。但是它对我仍有一种特殊的意义。我拿着它，每时每刻都离不开它。

阳光从窗子照射进来，窗台上那些盆栽绿油油的，仿佛在微微晃动。这是妈妈养的植物，它们努力吸收着日光，没有什么比它们更贪婪了。我走到窗前，看着楼下走来走去的人，阳光照得我有点睁不开眼。我把脸贴在玻璃上，使劲贴着，然后我用手触碰玻璃。一层坚硬的膜。我停下来，看着窗子上留下脸的印记。

由于光线太强烈，我扭过头，看到了映在墙上的我的影子。黑乎乎的影子，跟随我的身体而挪动。我抬起一条胳膊，它也抬起一条胳膊一样的影子，我往左，它也往左。我凝视着墙上的影子。它是我吗？我可以实在地看见它，但我却看不到自己。我的视觉范围，在身体上是有限的。我只能看到有限的一部分。而如果我直视前方，我就什么也看不见了，我只是一个会移动的东西，会思考的东西。就像是一个幽灵。

我究竟是什么呢？

在枕头上，我经常可以发现我掉落的头发。一根，有时是两根。有一次，妈妈帮我剪完指甲，我偷偷地将指甲屑藏了起来。我将它们统统放在阳光下。我想要努力地去认识它们，但最终证明只是徒劳。头发与指甲屑无法激起我的任何想象。

我还有一台小型录音机，那是妈妈在某年的生日给我买的礼物。如果妈妈不在房间里，有时我会把录音机拿出来，摁下录音键。我会发出一些单调的声音，偶尔也会说几句没有意义的话。我将它们录下来。当我开始播放时，我听到了从录音机里传出的我的声音。那种感觉很奇妙，它不像是我平日听到的声音，而是一种陌生的声音。但是毫无疑问，这是我的声音。

头发。指甲屑。影子。声音。

蚊子落在我的胳膊上，我尽量使自己一动不动。很快，它的身体里饱含了我的血。它的尾部变成了红色的，飞走，融进我的黑影中。午后，影子消失了，因为阳光也已经消失。天空布满了乌云，一阵阵风卷着沙子吹过楼下整齐的树木，发出令人不安的哗哗声。我手里拿着日记。我打开了灯。此时此刻，是我在读这本日记，这使我稍感安心。

妈妈，她总是喜欢坐在客厅的阴影中。我悄悄地打开门，观察着她。因为我的心里有了秘密。曾经，我对她无话不说。

晚上，她依旧为我讲故事，或者唱歌。当她入睡后，我盯着昏暗的天花板。有一段时间，我感觉房间在急速行驶。窗外的风景模糊不清。四周是黑压压的灌木丛。隐约有犬吠声从某个不明确的方向传来。

阳光照耀着我。它不是照着我的脸，或是胳膊之类，而是照耀我的全身。这是清晨，我不知道我曾度过了多少这样的清晨，掰着手指头也数不清。我看着窗帘飘动，看着亮光一点点投过单薄的帘子，看着帘子一点点亮起来。这是一个神奇的过程吗？或许它是如此的单调，只是我并不自知……早晨，妈妈为我做好了早餐，像往常一样，将早餐端到我放在床上的小桌子上。现在，我正用勺子喝粥。是的，我正在喝粥，当我想到这一点时，我停了下来，手里拿着勺子（塑料做的），呆立在清晨的阳光中。

就在不久前，阳光还没有照进来的夜晚，我做了两个梦。

我的前世是一只狗。我忘记了我有没有说过这件事，但它是真的。我喜欢作为一只狗的感觉，那似乎比任何时候都要轻松，但也更加痛苦。我跟着一个穿黑色胶鞋的男人，我一直跟着他，不知跟了多久（梦里的时间该怎么计算呢）。我们来到一个黑黝黝的山洞般的地方，一条河在山洞中间流淌。外面的天气很冷，风从山洞里呼呼地刮着。他燃起了一堆火，这使我感觉很温暖（后来当我醒来时才发现我把被子踢掉了)。穿胶鞋的男人，我看不清他的面容，他似乎很喜欢我，给我吃的还有喝的。硬邦邦的香肠之类，还有玉米。这对于一只狗来说是天大的恩赐(有一个温暖的窝，还有吃喝，不用自己出去寻觅，对一只狗而言还奢求什么呢)。后来他抱住了我，将我紧紧地抱在怀中。我可以感受到，他真的很喜欢我，甚至是爱我。他轻轻地爱抚我的头和脊背，将脸埋进我的毛发中。再后来，他开始哭泣，哭得非常悲伤。作为一只狗，我什么也做不了，只能默默地躺在他的怀中。

他停止了哭泣。然后，他拿出一把刀，插进了我的脖子。

是的，我就这样死了。梦境的最后时刻，我看到他缓慢而细致地将我的尸体割开，挖出了我的肋骨。整个过程，他是如此具有耐心，不慌不忙，带着强烈的爱意与悲伤。我知道他的每一刀其实也是割在自己的身上。我很伤心，因为我离他越来越远，我知道自己不得不去往另一个未知的地方……

我拿着勺子。剩下的粥已经凉了。我刚刚说了些什么？对了，关于前世的梦。我将牢牢地记住这个梦，梦里的每一个细节，尽管我已经忘了那么多。

妈妈走了进来，将碗和桌子收走。

妈妈。有几秒钟，我痛苦地闭上了眼睛。

我盯着妈妈。妈妈在睡觉。这时是中午，阳光从窗子照进来，照在她的脸上，将粗糙的皮肤和上面的每一道皱纹都照得清清楚楚。我安静地俯视着这张脸，直到它渐渐变得有点陌生，而我一点也没有感到恐惧——不论是什么东西，只要你仔细地凝视，一直凝视，最终都会变得陌生，这很正常，妈妈的脸也是这样。妈妈在睡觉，没有醒来。如果我没有记错，她总是失眠，可一旦入睡就睡得很沉，就像深陷进了某种隐秘的东西里……而现在，我忽然发觉，并没有阳光照进来，因为窗外是阴沉的天空，不时有灰色的鸟飞过。窗台上的那些盆栽，有的已经快枯死了。我给它们浇了水，然后走到客厅的大门前。我拧动门把手。门没有锁。

我带的东西不多。除了身上的衣物，就只有那本蓝色日记本，小录音机，还有一件黑色雨衣。雨衣一直挂在门后，我顺手拿过来的。我左手拿着日记本，右手拿着录音机，走在一条马路上。在我有限的记忆中，我从未走过这么远的路，当我回过头来，已经看不见那栋住宅楼了。住宅楼里有我熟睡的妈妈。

我要去寻找爸爸。

我穿着那件雨衣。天依旧阴沉沉的，但没有下雨。我发现身边的人都在盯着我看，我不知道他们在看什么。我第一次置身于如此拥挤的人群中，几乎站立不稳。是的，我走路摇摇晃晃，随时都要跌倒。我感到四肢无力，而头颅则异常沉重，就像是坠着一块石头。在家时，我从没有意识到我的头颅竟然这么沉，我细瘦的脖子简直快要支撑不住。我只好深深地低着头，弯着腰，痛苦地往前走。很多人撞在我身上，他们表示不满，说一些我听不懂的话，但我知道他们是生我气的。就像是妈妈生我气时一样，即使什么也不说，我也能完全体会出来。还有那些汽车，它们猛地在我面前踩刹车，狂摁喇叭，那声音让人真难受。我不得不加快速度。

渐渐地，人变得稀少。道路一旁出现了矮小的灌木丛。这期间我摔倒过几次，雨衣也被什么东西刮了一个口子。

我哭了起来。有人偶尔会停下脚步。可我的头颅太重了，根本没法抬起头来观察他们的表情。我早已不堪重负，气喘吁吁。天色愈加阴暗了，很快，风刮了起来，然后是雨水。地面变得很湿滑，但同时也更好闻了。我的腰弯得很低，可以清楚地闻到泥土的潮味。我将录音机和日记本放进雨衣里包住。雨越下越大了。雷声使我耳鸣。世界已经没了其他声音，除了雨声。

此时，我眼前的路上已没有别人。我勉强抬起头，辨别道路。没有别人，只有我自己。我跌跌撞撞地向前走。然后，我滑倒了，跌进了旁边的水沟里。雨水噼里啪啦地打在我的脸上和身上，我仰面躺在水沟里，一动也动不了。我应该哭吗，妈妈？我不知所措，甚至不知道是否应该哭泣。于是，我只好躺着，闭上眼，闭紧嘴巴。水有时会流进我的鼻孔，呛得我咳嗽不止。

不知过了多久。当我再次睁开眼，雨已经停了。我的力气好像恢复了不少。我爬出水沟，继续往前走。天又变得很蓝，这没什么可说的。我的速度开始放慢，我想我再也走不动了，我将放弃行走，随便找一个地方躺下。

直到我看见了那个穿黑色胶鞋的男人。

我跟随着他走了很久。起初，他没有发现我。他背着一只巨大的袋子，负重前行，袋子里的东西压得他直不起腰来。每到一只垃圾箱旁，他就掀起垃圾箱的盖子，用手掏里面的东西，放进身后的袋子里。他走得很慢，这样我才能跟得上他。

后来，他似乎发觉了我。他不时回过头来张望，同时我可以觉察到他尽量加快了步伐。尽管如此，我仍紧紧地跟着他，我全部的注意力几乎都在他的那双黑色胶鞋上。我觉得这双鞋非常熟悉，但我忘了在哪里看到过。我们就这样一前一后，进行着一场缓慢的追逐赛。终于，他停下脚步，转过身来，瞪视着我。我也停下来，回望他。

这是一个中年男人，浑身脏兮兮的，穿着破破烂烂的衣服。我们沉默地对视了一会儿，之后，他继续背着袋子往前走。我继续跟随他。走了没多久，他开始小跑起来。这出乎我的意料，我没想到背着那只装满垃圾的大袋子，竟然还能跑。我也跟在后面跑。我重心不稳，随时都可能摔倒，有时我不得不手脚并用。我的手掌很快就磨出了道道血痕。

他停了下来，喘着粗气。我们依旧沉默对视。

“你要干吗？”他对我怒吼。我没有回答。我不知该如何回答，因为我也不知道为什么要这样做。见我不说话，他似乎很愤怒，捡起地上的石子朝我扔过来。石子打在我肩膀上，很痛，接着是第二颗，第三颗，分别打中了我的肚子和胸口。

他发泄完了，转过身，慢悠悠地往前走。我跟着他，与他保持着一定距离。刚才的奔跑耗光了我的体力，我感觉头颅越来越重，身子却越来越轻。我重重地摔倒在地，爬起来,没走两步便再次摔倒。我想我再也起不来了。这时，我的眼前出现了一根木棍。是一截粗壮的树枝。我抓住树枝的一端，那根树枝用某种巨大的力量将我拽了起来。我看到树枝的另一端攥在那个男人的手中。

他面无表情地将树枝递给了我。

我将树枝拄在地上，这样就分出了上端和下端。我让树枝的上端撑在我的胸口上，我全身的重量都压在上面，这使我勉强得以站立。男人打量了我一会儿，重新起程。我将树枝当作拐杖，一步一瘸地跟在后面。他的脚步重新变得舒缓起来，就像是在散步。他好像突然间挺喜欢身后有我这样一个小跟班。

夜色降临了，空气潮湿而冰冷。我们来到一个桥洞里。他很快生起了火堆取暖。火焰照亮了周围的景物。记忆一下子向我涌来。我认出了这个地方。

“我的前世就死在这里。”我对他说。

火光映照着他的脸。阴影在他的面孔间跳跃。我看不清他的表情。他似乎是在笑，无声地笑。我坐在他身旁，感受着火的温度。日记本和录音机还在我的手里。我打开录音机，在一阵静默后，传来了断断续续的犬吠声。这下，他笑得更大声了，脸上的阴影开始剧烈晃动。同时，一列火车在我们头顶飞驰而过。

我跟着那个男人到了他的小房子里。他的房子就建在一座大垃圾厂的边缘，空气里弥漫着一股浓浓的垃圾的臭味。房子中央垂挂着一盏昏暗的小灯泡，灯泡下面有一张油腻的木桌。幽暗的角落里，有一个会动的白色的物体，凑近才看出是一个女孩。她只穿着内衣和内裤，在黑暗中瑟瑟发抖。她的脚腕和手腕上都戴着铁铐，稍有动作，链子就会发出碰撞声，而另一端则连接在黑暗看不见的深处。

我仔细地打量她。她连忙用手捂住脸，只从手指缝中偷偷看我。她引起了我的好奇。就在我想要继续靠近她时，我被那个男人使劲拽了回来。“没什么可看的。”他粗暴地挥了挥手，碰到了灯绳。灯泡开始呈椭圆形摆动。我观察四周，发现房子里堆积着很多塑料瓶子，像是小山一样。他卸下背着的大袋子，将里面的东西倾倒出来，仍然是一堆塑料瓶。

后来，他经常带我去垃圾厂散步。

无边无际的垃圾的山丘，还有空气中永不散去的浓烈的味道，是我对垃圾厂的世界的最初的感受。道路两旁，是各式各样的垃圾经过重新组合、拼接成的组装物，我们像是鬼魂般漫游在垃圾的海洋中。他一般喜欢沉默不语地走在前面，而我艰难地跟在他身后。我的四肢总是很不协调，仿佛它们之前有着不为我所知的秘密，使我无法充分地调遣。有时，他会停下来等我一会儿，有时他干脆就消失在垃圾中，留下我独自一人，面对着陌生的世界。所幸，我的手里总是紧紧攥着那根粗壮的树枝，是的，我从来没有丢弃它，我依靠它保持平衡，依靠这身外之物，使我勉强不至于跌倒。

在垃圾厂里，经常有焚烧垃圾的工人。他们戴着白色面罩，将垃圾聚集在一起，放火点燃。风吹过时，会将一些还燃烧着的塑料袋刮走，他们也不在意。燃着的垃圾释放出滚滚浓烟，很快就遮天蔽日，并且散发更加强烈的臭味。这样的垃圾焚烧点有很多，因此垃圾厂平日里总是烟雾迷蒙，当我跟不上他的脚步时，很容易就迷失在烟雾中，迷路很久才能找到出路。那时我大汗淋漓，浑身虚弱，而他似乎很高兴看到我这个样子。

不过，每当他停下来安静地等我，等我这虚弱、不协调的身体，我都会很感动。我愿意追随他，尽管我并不记得他究竟是谁。他是我的爸爸吗？我无法确定。而我更加无法确定的是我自己到底是谁。于是我尽量观察他，思考每一个细节，说不定会得出一点答案。

他喜欢沿途收集塑料瓶，这在垃圾厂中遍地都是，但他对塑料瓶的大小、形状有要求，他在垃圾堆中细心地挑选塑料瓶时是十分耐心的，而这种耐心在其他场合并不多见。他会把塑料瓶用衣服简单擦拭一下，然后装进背着的口袋里。每天，我们都能捡到满满一大袋的塑料瓶。当太阳落到垃圾的地平线之后，我们就返回那间小房子。

这个男人痴迷于用塑料瓶制造小船。那只用塑料瓶做成的小船占据了房子很大空间。塑料瓶之间用细铁丝捆绑在一起，大概能乘坐三四个人的样子。平时，他不让我触碰这只塑料船，就好像我碰一下它就会坏掉，而他经常对它修修补补，用新瓶子替换旧瓶子，这样一来，这件工作似乎永无尽头。

我喜欢躺在垃圾堆里睡觉，仰望天空。我身边全都是被遗弃的东西，置身其中，我感到很安心。天空无比辽阔，我时常看得发呆，并且产生幻觉。我好像走进了一个阳光充沛的房间，阳台上放着茂盛的盆栽。房间里有一张大床。我的身体轻飘飘的，四周都没有声响。我穿着那双黑色胶鞋，无声无息地走去，坐在床头，看着床上的那个人。床上的人似乎睡着了，又似乎醒着，我看不清他的脸。我很紧张，因为我的黑色胶鞋在不停地渗出水来……

我醒来后，发现他又不见了。我开始四处寻找，周围弥漫着燃烧的烟雾，这增加了困难。这时，我的后脑勺被什么东西打了一下。我回过头，看见几个垃圾厂的野孩子手里拿着小石子，正冲着我笑。我手足无措地站在那里，不知道该怎么办。忽然，他从旁边冲出来，一拳将其中一个男孩打倒在地，其他孩子立刻跑开。

“过来。”他对我说。他死死地摁着那个孩子。

他抓起一把土，开始慢慢地往那个男孩脸上倾倒。男孩使劲挣扎着，却挣脱不开他强壮有力的胳膊。他命令我走过来，将一把土放进我的手掌里。他冲我笑着。我明白。于是我把土朝男孩的脸上砸去。他满意地点点头。“有快感吗？”他问我，但更像在陈述某件事。我点点头，再次攥起一把土，像他那样，慢慢地倒在男孩的脸上。

她在黑暗中沉睡。对我来说，她像是一个谜。她很喜欢睡觉，一天到晚都在睡，有时我会听见她在喃喃自语，而当我看向她时，却又完全陷入静默。这是我的幻觉吗？我不知道。我知道的是，我正在改变。以前的我是什么样我完全不记得，却知道自己正在改变，不是很可笑吗？可当我像现在这样沉浸在黑暗中时，这种感觉分外强烈。我看着我的双脚，双腿，还有我的身体。我想要它们活动，它们就随我的意开始活动；我想要它们停下，它们就停下。我站起身，我的身体不再跌跌撞撞。

她在黑暗中沉睡。晚上的某个时刻，她会醒来。夜深人静的时候，那个男人会带她出去散步，有时我也跟在后面。他手中拎着铁链，而她跪在地上，四肢着地，像只动物那样向前爬行。他们用一种我听不懂的语言交谈。那种语言像是某种动物的低鸣，低沉而短促。她不会说其他的语言，我唯一能听懂她说的一个词，就是“爸爸”。

每当这个时候，我都觉得自己是一个外人，因此心情会变得低落起来。他注意到了我的情绪，将我叫过去，让我帮他收集塑料瓶。有一天，他对我说起他做的一个梦。他说梦见自己乘着船出海，后来船莫名地消失了，他并没有沉入水下，而是在水面上行走。他说他那时没有感到丝毫惊奇，仿佛这是一件再平常不过的事。说完，他拍了拍我的肩膀。我知道，这是他对我的一种认可。

时间似乎已经过去很久了。我当然不会记得具体的天数，可我感觉我在这座垃圾厂旁边的小屋子里已经生活了很多年。或许我根本没有离开过这里？我曾用石头在地上画出道子作为记录天数的手段，可第二天早晨就被他抹去了。他似乎很是生气，命令我以后不要再这么做。我低着头，看着他的那双黑色胶鞋。

他真的接纳我了吗？我不知道。我总是感觉他依然把我当成外人，而对于她，这个男人心中是有无限关爱的。尽管他经常对她又打又骂——手中握着皮带或是鞭子，朝她瘦弱的身子抽打。她蜷缩在角落里瑟瑟发抖，一道道血印出现在她的胳膊、大腿上。她用那种微弱的、像动物般的语言向她的父亲求饶，而他不为所动。

过后，他扔掉手里可怕的鞭子，小心翼翼而又坚定地抱住她，任她在他的怀中轻声哭泣。我承认，此刻我的心中是充满嫉妒的。他们才是一家人，而我是一个外来者。我多想也走到那个男人的面前，让他像对待她一样，狠狠地抽我一顿！

平时，我负责喂她吃饭，因为她的双手戴着沉重的铁链，很是不便。我一口一口将食物送到她的嘴里，而她的表情总是很冷漠，也不会抬眼看我。除了喂饭，我也会为她洗澡。洗澡时是她唯一可以摘去铁链的时候。她坐在一个大塑料盆里，我负责用毛巾擦拭她的身体，为她洗头发。她的身上总是伤痕累累，新伤覆盖着旧伤。我慢慢地用毛巾擦拭着。她的皮肤很柔软，带着体温与热水的温度。我不敢告诉她（尽管她可能也听不懂）我曾做过关于她的梦。在那个梦里，无边的黑暗中，我们赤身裸体，紧紧地拥抱在一起。透不过气的黑暗，只有她的身体闪烁着微光。

这时，她仿佛觉察出了什么，突然抬起头，直直地看着我。我慌忙地错开目光。而那个男人，依旧在昏暗的灯盏下研究他的塑料船。

我喜欢打开那台小小的录音机，听里面那个陌生的男孩的声音，直到有一天它突然静默了，变成了一件废物，再也发不出声响了。这让我很难过。我把它拿给穿黑色胶鞋的男人看。他正在摆弄他的瓶子，没工夫搭理我；或者，他正喝得酩酊大醉，躺在地上像是死过去一样。我想让录音机重新发出声来，我不想让里面的男孩死掉，我想让他给我答案。

那个男人睡得正香。此时是正午，混沌的阳光从外面渗进来，但屋子里依然很黑。我坐在用塑料布蒙起来的窗棂边，呆呆地望着窗子。刮风时，会把塑料布吹得哗哗作响，而现在它很安静。这个场景似乎似曾相识。我拿出日记本读了起来。真奇怪，我忘记了那么多，但仍然记得文字。我可以很顺畅地阅读和写。不可思议，我竟然记得那么多字——这些人类所特有的东西，证明我确实属于他们。我慢慢地阅读本子上的文字。这是人类的记录，尽管它微不足道。可惜的是，上面有些字迹已经模糊不清了。

这时，我听见了某种动静，从门口那边传来。我转过头，望向声源处。从黑暗中渐渐浮现出一只蜂。我不知道它是蜜蜂还是别的什么，我甚至不知道它是不是蜂，如果我记错了呢？如果它其实是一种鸟呢？我站起身，朝它走去。它悬浮在黑暗中，翅膀剧烈响动着，发出嗡嗡声。我接近它，伸出手。

它一闪就飞到了另一边。它似乎在伺机而动。我仿佛可以看见它凝视我的眼睛。我继续朝它走过去。这次，它突然向我的脸冲来，在我下意识用手保护住脸的同时，在我的胳膊上蜇了一口。火辣辣地痛。那个地方很快就肿了起来。它狂躁地飞来飞去。我忍住痛，瞅准机会，将它攥在了手心里。

我紧握拳头。我可以感觉到它在剧烈挣扎。它会再蜇我一口吗？我确实有些担心。我打开录音机的后盖，将它塞了进去。我将录音机凑到耳旁。它再次出声了，尽管是一种绝望的暴怒的声响。我很满意。我看着窗外的阳光，想要继续阅读日记本上的文字。

一阵金属的碰撞声打断了我的思绪。这是一种交流吗？没有文字和语言，我们真的可以明白对方确切的含义吗？我看着她，准确地说，是我俩对视着。她身上的铁链不再晃动了，忽然变得很安静。我知道，她希望我有所动作。打开铁链的钥匙就挂在那个男人的腰间。我看着她，然后又看向她呼呼大睡的父亲。于是，我缓慢地朝他爬过去。

我很小心，没有发出丁点声音，不得不说我有这方面的天赋。很有戏剧性地，他的钥匙就露在外面，只要我稍稍探出手，取下来……

可我停住了。我不知道为什么。我甚至有些忧伤。我看看钥匙，又看看她。接着，我凑上前去，轻轻地亲了一下那把钥匙（当然也没有发出声音），然后迅速地像是一只蟑螂那样爬回黑暗的角落里。属于我自己的角落。忧伤挥之不散。我拿起录音机，它再次变得沉默。我在耳边晃了晃，里面传出什么东西空洞洞的撞击声。毫无疑问那只蜂死掉了。但是我如何能证明它确实是一只蜂而不是别的什么呢？

我醒来时，正躺在垃圾厂的废墟上。天空弥散着焚烧物冒出的灰色烟雾。我的手里拿着日记本。那上面的文字已经日渐模糊。它也将变成无用的垃圾。我站起身，往小屋的方向走去。我越来越喜欢沉浸在黑暗中。那种时刻，我会抓住一些清晰的意识，就像是瞬间即逝的火花，我得以认识我自己。我究竟是什么？我可以感受到疼痛、刺痒、冷热、饥饱……这一切都围绕着一个核心，而那个核心又是多么的虚无。我如何能确定我是一个人而不是一条狗?

我决定不再去想，而是尽可能地去体会。或许，我只有在体会的时刻才真正存在？于是我请求那个男人，用他的皮带或是鞭子狠狠地抽打我，用铁链锁住我，像是对待他的女儿一样，我想要得到同样的对待。但是他从不理会我的请求。

“我不是已经给过你树枝了吗？”他这样对我说。

可是树枝对我已经没用了。现在,我学会了稳健地行走,即使是走在垃圾遍地的废墟中也毫无问题。我想要得到更多的东西。我是不是太贪心了?

每当夜幕降临，那个男人回到家中，都会抽打他的女儿，或是轻轻地抱住她，亲吻她，用我听不懂的语言悄声交谈。我相信那一定是他们自创的语言，全世界只有他们两个彼此才能听懂。可以想象，我是多么地嫉妒她。一天晚上,那个男人睡着了。我悄悄地爬到她面前。她也在睡着,呼吸很轻,近乎于无。我伸出双手,放在她的脖颈上。是的,只要我稍稍一用力。但她突然睁开了眼睛。她总是很机敏。黑暗中她立刻就知道我要做些什么。她睁大双眼凝视着我,眼神闪烁着一种不同以往的色彩。我们都没有出声，只有彼此的呼吸声纠缠在彼此之间。我在她的眼中是什么样子？她此刻心里在想些什么？这无法打破的壁垒啊。我忽然感到了疲倦，松开了手，退回到属于我自己的领域里。

他是我的爸爸吗？我不确定。于我而言，他是一个强有力的人。我想这就够了。

日记本上的字迹越来越模糊了。用不了多久，它们全都会消失，这本日记也将重新变成空白。不过它确实是属于我的吗？或许在此前的某一天，我看见过一个因体力不支倒地不起的男孩。他一动不动地躺在臭水沟里，似乎已经死掉了。我慢慢地接近他，见他没有反应，就开始抚摸他冰凉的身体。我希望找到一点钱或是可以换钱的东西，可我只找到了这本日记。它对我毫无用处，可我还是鬼使神差地拿走了。

又或许，是我从某个孩子那里抢来的。没错，那个离家出走的孩子迷路了，误入垃圾深处，没有人能救得了他。我从他的手里抢走了他唯一拥有的东西。无论如何，我阅读上面的文字，很多事情印入了我的脑子，改写了我的记忆。想到这里我有些惊慌：它会不会企图取代我的记忆，让我成为另一个人？所幸它正在消失，重新恢复空白。

我将在上面写上只属于我的记忆。事实上我就是这么做的。垃圾厂里什么都有，我可以轻易找到废弃的铅笔。我在第一页写上了我的所思所想，这些新出现的字使我安心，因为我知道这是属于我自己的。我想我应该给这本日记起个名字。这可难住了我，我从来不会给任何事物命名。最终，我决定叫它“我”，没错，这是一个好记的名字。

我在“我”上记下了这几天发生的事：

她生病了，蜷缩在角落里，不吃也不喝。那个男人依旧沉迷于塑料瓶子中。暗淡的灯照耀着我们的生活。有时我会想，这样的日子何时才会结束？或许它永远也无法结束？或许它早就已经结束了，而我们只不过是生活留下的影子，只不过在模仿生活而已？生活中有那么多的事物，令人应接不暇。我总是忘记它们的称呼。我想有一天，我会忘记所有的名称，世界（那时我也将忘掉“世界”这个词）变成一片茫然的没有名称的世界。我将为所有的事物重新命名。那时，人或许变成狗，垃圾变成星空，记忆则是一枚西红柿……世界是一头母羊，重新变得有趣而神秘。

这些念头使我激动不已。我无法抑制地浑身颤抖。我做了一个又一个梦，从不间断。我确信我梦见了我的前世(你能相信这种事吗？)，我的前世是一条狗，游荡在没有名称的世界里。

大雨倾盆，河水暴涨。出航的日子到了。那个男人将用塑料瓶子编织好的筏子放进河里。雨水洗刷着我的身体，还有一切暴露在雨中的事物。我看着它们在雨中似乎像是蛋糕般慢慢溶化，变得模糊不堪。

那个男人穿着雨鞋，跳上筏子。他用一根长长的竹竿当作船桨。筏子顺畅地滑进河里。他回过头，看了我最后一眼。我知道，他就要离开这个地方了，这是他梦寐以求的时刻，离开肮脏的垃圾堆，离开昏暗的小屋，离开我们这些身份不定的私生子。

筏子很快消失在了雨幕中。我凝望着那个方向，就像在凝望一场消逝的梦境。

回到小屋，我又累又饿。她依然昏睡似的躺在那里，一动不动。我实在太疲倦了，听着雨声没过一会儿就沉沉睡去。

直到我听见有人在我的耳边喊我。我的眼皮异常沉重。我费力地睁开眼，看见了她。她不知何时爬到了我面前，眼神闪烁不定。风雨在窗外呼号。她轻轻地在我耳边说着什么，一种我听不懂的语言。但我觉得我好像听懂了。她的身体很烫，像是开水一样滚烫，可我还是紧紧地抱住她。她向我敞开，无限地敞开。铁链不住地颤动，发出很大的声响。但没有人来打扰我们。当她的嘴唇轻轻地在我的唇齿间呼出热气，我才意识到，这个世界是不需要语言的。我为我的后知后觉感到羞愧。

雨仍然在下，击打着房顶，击打着世间的一切。我们的身体在雨声中紧紧地贴在一起，我可以感受到她身上的温度，还有她的虚弱。在这座风雨飘摇的小屋里，我分不清是她在颤抖还是我自己在颤抖。

我们的手就这样彼此紧握着，仿佛我们是这个世界的最后之人。

不名之物

我忘记了自己是怎么认识这个女人的，当我想到这个问题时，她已经出现在我面前。我们在一栋被废弃的大楼内，抽着烟，看着天空闪烁的星星。她四十多岁，只比我的母亲小几岁。她的脸很粗糙，就像是黑白照片那样有着颗粒感；黑眼圈很浓，证明其严重失眠；她的双眼看上去也很疲惫，但总是亮晶晶的，如同一匹老马那样双目湿润。

或许我不应该这样形容一个女人。

而此时，我们坐在一起，这栋废弃的大楼内，四周静悄悄的；天冷了，昆虫也都息了声。如果是在白天，我们可以在阳光的光柱中看到不停翻腾的灰尘。现在，灰尘也安静了下来，静静地覆盖着水泥地面、碎玻璃、油桶、楼道栏杆、砖头、木材，还有很多垃圾的组合体，它们搅拌在一起，难解难分，似乎很快就会变成崭新的物种。我们侧耳倾听，有风声，还有鸟的叫声，同样是不知名的夜鸟。“或许是猫头鹰。”她说。而我从未见过猫头鹰——除了在梦中，梦中我可以见到各种稀奇古怪的东西，那些现实中根本不会出现的东西。

因此，她总是称我为“爱做梦的孩子”。

她吸着烟，神情恍惚。这是她自制的一种烟，有着与众不同的紫色烟雾，据说可以产生幻觉。她从不给我抽。当她抽这种烟时，她就会像是梦游一般，眼神迷离，喃喃自语，如同踩着节拍那样走路。我担心她会坠楼而亡，所以每次我都紧张地盯着她，一旦她靠近没有围墙的大楼边缘，我就赶紧把她往回拉。所幸这样的时候并不多。

我知道，抽这种烟可以让她见到她的女儿。

她已经死去的女儿。

我非常理解她。哪个母亲能够忘记自己的孩子呢？借助幻觉，她与女儿聊天，在一起说说笑笑。尽管我没有尝试过她自制的烟，但我知道幻觉一定非常真实，因为每次她都会兴高采烈地对着幻觉中的女儿说话，问她过得好不好，想不想买新衣服，有没有认识新朋友，等等。而我就在一旁保护她。夜里待在这里并不算好受，虽然由于天冷没有了蚊虫，但不时会有巴掌大的蝙蝠飞进来咬我，吸我的血。我害怕它们。它们有尖锐的牙齿和血红色的小眼睛。

我会用附近的垃圾燃起一堆篝火，驱赶它们。效果还不错，但垃圾产生的味道很难闻，哪怕是木头也很呛人。她强烈阻止我做这件事，她的理由是，空气中难闻的味道会影响幻觉的效果。可是，难道我就活该被蝙蝠吃掉吗？她有时就会如此冷漠、自私，而我则赌气不跟她说话。过一会儿（幻觉结束后），她就会过来摸摸我的胳膊和头发，然后将我抱在怀里。每当这个时候，我就在心里原谅了她。

我是一个无家可归的人。她有时会叫我“可怜的孩子”，我并不想用“孩子”形容自己,但我知道我确实是一个孩子。

我对家庭的厌恶是没有来由的。父母对我很好，可他们对我越好，我就越想要逃离；我非常地爱他们，可我越爱他们就越想远远地离开他们。他们是很正统的人，相信对方是自己的唯一，相信生活有一条正确的轨道，而轨道的尽头就是死亡。对此，我只觉得荒谬，然而我却说不出荒谬的原因。

我还记得那一天——我住在家里的最后那个晚上。半夜，我莫名地睁开眼，天花板无比昏暗。我听到了某种窸窸窣窣的声响。我看过去，看到一条蛇一样的东西在地板上扭动着，转眼就消失了。我打开灯，仔细寻找，却什么也没找到。我感觉脚底板很冰凉。

我不知道那一晚预示着什么。后来，我就离开了家，在这座城市四处流浪。现在，我觉得我的故事才刚刚开始。

然而没有什么故事可言。

我住在一座全市最大的垃圾回收站里，这里垃圾堆积如山，是拾荒者的天堂。很多拾荒者都在这里长久居住，住在小平房或帐篷里，靠捡拾垃圾卖给回收站为生。我也住在这里，主要是因为房租低，但我并不是拾荒者，我有自己的工作。我的工作是拾荒的另一种形式，但也有所不同。

我喜欢这群拾荒者，他们爱管我叫“小鬼”或“小伙子”。

她也是这群拾荒者之一。我忘了我们是怎么认识的，也忘了说的第一句话是什么。后来我们就变得很熟。她总是领我去附近的一栋废弃的大楼。那里总是很安静。我猜想，可能她不太喜欢垃圾回收站喧嚣的环境吧，因为那里每天都被工厂里各种机器的运转包围着，有时让人透不过气来。而大楼里真是静谧，似乎隔绝了外界的一切声响，有些时候我甚至怀疑我的耳朵是不是失聪了，直到她跟我说起话来。

“最近又做了什么梦？”

她总是喜欢问我做的梦，她对梦的内容兴致勃勃。有一次，她不知从哪儿拿出一个本子，想把我的梦记下来。“这是很有意义的事啊。”她说。我问她有什么意义，她却支支吾吾答不出来。因为我知道根本没有意义可言，而且，这种行为让我有些不适，就好像被人窥探隐私一样。她看出了我的顾虑，那之后就再也不提记录梦境的事了。

她看起来有点失落，于是，有时我会主动告诉她我最近做的梦。只要她不做那种记录梦的傻事，跟她说说是无妨的。

“我最近总是梦到一匹马。”我跟她说了起来。是的，一匹马，颜色模糊的马，在我的梦境中游荡。从我眼前掠过，或是安静地匍匐在不远处，汲水，咀嚼，而周围的背景都是雾气蒙蒙的。有一回，它甚至从我头顶一跃而过，飞快地奔入一座幽暗的林子。

我就这样跟她说着，她则安静地听着，津津有味，双手托腮，或是靠在光秃的墙壁上，头轻轻地抵着墙壁。皱纹已经爬到她的脸和脖子上，但她的眼睛很清澈，是那种清透的栗色，眼角的鱼尾纹并不突兀，反而形成了一种独特的美感，就像是故意画上去的图案。

有时我无端地想，她就像是一匹马。

我没跟她讲过马的眼睛。它的眼睛与她一样地清澈透亮。

除了讲述梦境外，我们几乎无话可说。她总是很沉默，我有点觉得她是故意的。她是不是觉得我年纪小，所以才不愿对我多说？这让我又沮丧又生气，把脚下的碎玻璃踩得嘎嘎响。而她多数时间充耳不闻，只是一边抽烟，一边望着外面的景色发呆。

时间在这里似乎是凝滞的。

我没有跟她说的是，我睡觉的时间越来越长了。我总是很困，比以前上学时还睡不够。可以说，一整天我都在想着睡觉。我有点害怕，害怕睡眠有一天会完全将我吞没，这不是没有可能的，它现在不正在一点点吞噬我清醒的时刻吗？

我拿起碎玻璃，在手掌上使劲一划。迟钝的痛。血流了出来。我希望以此保持清醒。她看到了，惊讶地看着我。我看到她惊讶的表情，不知为何，心里有一种报复般的快感。

结果有一天，我无意中看到她拿起一块曾划破我皮肤的碎玻璃，大约有小拇指大小，上面还隐约沾着我的血迹。她若有所思地拿着它反复把玩，还对着阳光看。我不知道她到底在玩什么把戏。过了一会儿，我看到她突然把那块碎玻璃放进了嘴里。与此同时，我看到她露出了不易察觉的笑容。她将锋利的碎玻璃含在嘴里,似乎随时准备咽下去。我猛地扑过去，掰开她的嘴，把玻璃抠了出来。

她的嘴角泛起了血沫。

她依然在对着我微笑，并且饶有兴致地望着我，仿佛取得了一次小小的胜利。

从此以后，我再也不用划伤自己的方式保持清醒了。我害怕她再吞下玻璃。

有时我觉得她真是一个疯子。

她有时会谈论她死去的女儿。她是生病死的，那是一个漫长而痛苦的过程。那段时间她每日每夜陪在女儿身边，紧紧地握着她颤抖的手，感受着生命从女儿的身体中一点点消失。她几乎记得当时的每一个细节，也因此让她痛苦不堪。“她死的时候跟你岁数差不多大。”她说，然后点燃了烟卷。我知道，她在幻觉中可以见到女儿——那是一个永远不会长大的女儿。

每当太阳西沉，夕阳染红了天边的云彩，我都会想起她的女儿，那个早已消失的羸弱的生命。我总是会想，人死后究竟是怎样的状态呢？这超出了我的想象极限，我只能理解为，人死以后，就跟出生之前一样。

黄昏，夜鸟盘旋在天际，鸣叫着，而我也结束了一天的工作，重又游手好闲起来。大楼的每一个角落我都去过，但我不能说熟悉了这里的构造，因为有时我也会迷路——这里的构造太复杂了，也太相似了，而且，还有一件我不确定的事：大楼的构造是会自行变幻的。有时我明明记得从仓库出来应该是一段上坡，可我出来时，却发现自己置身于电梯间，这类情况发生过几次。而我对她说起时，她总是会面带微笑，摸着我的头，说："你还小嘛。"

我觉得她根本就不关心我。她的心灵都被她死去的女儿占据了，因此从某种意义上说，她的女儿并没死，而是与母亲共生着。

不知为何，我竟有一点点嫉妒。如果我死了，我会得到同样的待遇吗？我想起我那不苟言笑的父母，心里没有丝毫把握。我知道，我的出世对于他们是一个意外——这是他们无意间提起的。

我突然觉得，那个早逝的小生灵是幸运的。

我心情烦躁地用一根木棒驱赶着蝙蝠，看着她一边抽自制的烟卷，一边沉浸在对女儿的追忆中。既然她并不关心我，我也没必要将心中的秘密全盘托出。我认为这是对她的一种报复，尽管对她而言这并没有什么意义。

有一个梦我从没告诉过她。

梦中，我来到一间宽敞的大厅，像是博物馆，又像是教堂之类的地方。我不知道自己为什么来这儿，只看到周围有很多人。他们都穿着深色衣服，互相窃窃私语着，整座大厅都嗡嗡响。我穿梭于人群中，不知道要做什么。这时，人群像是受到了一个指令，一齐往一扇门走去。我也跟在后面。门开了，我们进入了另一间大厅。大厅中间摆着一张床一样的东西，不过床腿很高，大约到人的腰际。床上躺着一个小女孩。她穿着一尘不染的白色连衣裙，安静地躺在上面，像是睡着了。人们绕床而行，表情沉重，互相安慰，有的还哭哭啼啼的。当我来到床前时，发现女孩并没有死；她仍有呼吸，尽管很微弱；她的皮肤苍白，近乎于透明，赤裸的双臂和锁骨像是瓷器般易碎；她双眼紧闭，面容痛苦。我慢慢地从她身旁走过，与此同时，我看到门口有一个人在售票，人们理所应当地把钱交到售票员手上。后面排着长长的队列……

这样的场景我梦到过两三次。这是我唯一没有跟她讲过的梦。

“你的话似乎越来越少了。”

说这话时，我们正走在早已停用的电梯上。这栋大楼废弃前是一座超市，后来超市倒闭后就变成了烂尾楼。常年无人打理的电梯早已肮脏不堪，几乎被污垢和蛛网覆盖，不时有耗子跑上跑下，它们一点也不怕人。走到半截时，她忽然挽住了我的手。那一刻，我的心脏似乎颤动了一下。“在她小时候，我经常和她一起逛超市，那个时候，这里人可多呢……”她再次陷入了回忆。

不等她说完，我甩开她的手，独自跑下电梯。

白色连衣裙。黑暗中，它是模糊的，此时它就抱在她的胸前。

每晚，她都会抱着它入睡，就像是孩子喜欢抱着玩具入睡一样。可是我知道，这条白色连衣裙不是什么玩具，而是她女儿的遗物。我又想起了梦中的那个女孩，她也是穿着这样一件白色连衣裙。难道我梦见的是她死去的女儿？可我是没见过她的，甚至不知道她的名字——我只知道，她会称呼女儿为“慧慧”。我梦见的难道就是慧慧？那条白色连衣裙无疑是现实中的东西，被我带入了梦中。

她每晚都会将连衣裙抱在胸前。连衣裙看上去很旧了，显得皱巴巴的，但一尘不染，看样子她应该经常清洗它。抱着它睡觉，会梦到女儿吗？我从没问过她，而她也从未向我说起过她的梦。她对我的梦有强烈的好奇心，却从不透露自己。

她对这件白色连衣裙是万分小心的。她从不会让我哪怕触碰一下。她会带一个包裹，将连衣裙叠好放进里面。平时，她是不会将它拿出来的，只有睡觉时她才会小心翼翼地从包裹里取出裙子，捧在胸前，沉沉睡去。有时她不在大楼里睡，而是回自己的小屋去，我相信她肯定也会做同样的事，只是这种情况并不多见，因为她说过她喜欢大楼里的寂静。

有一天，我反常地怎么也睡不着。一只蝙蝠一直在我耳边扑扇，想要吸我的血。我索性起来，想要捉住它。夜晚的大楼里几乎没有光线，只有月光勉强让我辨认出事物的轮廓。蝙蝠上下翻飞，我却怎么也抓不到它。那晚的月光很明亮，我看到她靠在墙角，睡得很香甜。她的手里自然拿着慧慧留给她的裙子。

月光照在她的脸上，看上去是那么的恬静，就连她脸上的皱纹也变得很清澈。她的脸有一半沉浸在浅浅的阴影中。我端详着这张不乏沧桑却无比生动的脸，就像是端详一幅油画。而她毫无察觉，气息均匀地睡着。

她梦到了什么？

我的目光转到她手中的裙子上。我突然冒出一个念头，这念头让我兴奋不已。我悄悄走近她，伸出手，捏住了裙子的一角，然后我慢慢地往自己的手中拽动裙子。我受到了阻力。即使睡着，她依然将裙子攥得很紧，我拉了两下，没有拉动，于是我增加了力气。就在这时，我看到她猛然间睁开了眼。我吓得连连后退，而她不知从哪里捡起一根木棒，狠狠地向我砸来。我躲闪不及，木棒打在了我的额角上。顿时，我感觉头晕眼花。我坐在地上，捂着被砸的地方。那地方突突地痛，肿起一个大包。

之后整整一天，我都没跟她说一句话，并且故意与她保持着距离。说实话，我确实非常生气。为了那件连衣裙，她差点要了我的命。

又到了夜里，我早早睡下了。我梦见我来到一座丛林，光线晦暗。我看到她站在一条小溪边，身上穿着那件白色连衣裙。她看上去很年轻，几乎和我一般大，看上去无忧无虑的。她问我连衣裙好看吗？而我却莫名有一种想哭的冲动。后来，天空飘起了雨，几滴雨落在我的额头上。凉凉的。

我醒来时发现她正蹲在我面前，轻轻地朝我额头的伤口上吹气。“我刚刚给你上了药。”她说，“还疼吗？”

我不知道该说什么。我甚至不敢看她的眼睛。

此时，外面依然是一片昏暗。寂静笼罩着大地。我只能听到我们俩的呼吸声。额头的伤口一点也不痛，反而很凉爽。半晌，我们在黑暗中沉默无语。

是她打破了沉默。她说：“你做了什么梦？”

我没有回答。

“刚才给你上药的时候，我看到你哭了。”

我这才意识到。我摸了摸脸，确实是湿乎乎的。

我决定不告诉她这个梦。

现在我想说一说我的工作。其实很简单，我的工作是搬运尸体。

没有想象中的复杂和不可思议。我选择这份工作完全是由于报酬高，而且我能胜任。不过，并不是每天都有工作，因为我只是个做兼职的，他们有专业的人做这些事，但有时会人手不够。每一次，我都会接到通知，然后赶到救护中心，换上衣服，戴上口罩，坐着救护车赶往事发地点。基本上是一些居民区，有生病死的，有意外而亡，偶尔也会有自杀的。一开始，我对这份工作十分抵触——不是恐惧，而是抵触。跟这些死者接触并没有我想象中的可怕，但我依然很排斥，我也不知道为什么，可能是因为本能吧。当你看到一个同类死去，你终归不会无动于衷。

我的同事们教了我一个方法。

他们说，搬运尸体的时候，不要真的当成一具尸体，而是要尽量想搬运的是一个物件，橡胶、塑料或是一堆肉，随你怎么想都行，但千万别想着这是一具尸体。这个方法很奏效，当我抬着死者的脑袋或是双腿时，我会把这当成除尸体以外的任何东西，而我们只是负责搬运它，仅此而已。

这些“物品”大多数是老人，基本上是自然死亡。但不幸的是，他们很多是独居，因此尸体可能会过一阵子才被发现。很多尸体发现时都腐烂了，面对这种情景可不是好受的事。我们尽量把他们当成尸体以外的东西，脑子里想着其他事情分散注意力，将他们装进隔离袋子里，搬下楼。这份工作收入很高，我甚至还存下了一点钱。

这一年，我感觉自己变得更强壮了，个子也长高了。我没有回家看望过父母，我想他们应该早就对我绝望了，见面只会让彼此尴尬。

我能感觉到，我的身体内部正在发生着一些变化，但我说不上来是哪里改变了。我总是觉得精力旺盛，浑身有着太多的力气却无处发泄。我有时会走整整一天，漫无目的，只是为了让自己安静下来。我变得十分浮躁、好动，声音也粗犷起来。她以前会说我说话是“公鸭嗓”，而现在，她会说我的声音“像个男子汉”了。

有一种莫名的力量在我身体中涌动，它使我难受万分。我不知道自己是怎么了，或许是生病了？有一次，我发现蝙蝠在吸我的血，与以往不同的是，这次我却感到了某种久违的平静，仿佛那种莫名之力随着血液也流淌出去了。于是我捉住了一只蝙蝠，放进一只塑料桶中。“你这是干吗？”她困惑地问我，而我并不想解释。

每当我躁动不安以至于难以忍受时，我都会打开塑料桶盖子的一角，正好能够把胳膊伸进去。蝙蝠饿了一天，立刻将它尖锐的牙齿刺进我的皮肤，吮吸我的血液。我很快就会安定下来。这种方法的弊端是，我的手臂上布满了蝙蝠的齿痕。

她还是和以前一样，痴迷于幻觉与对女儿的思念。她小心翼翼地抚摸着女儿生前穿过的裙子，就好像那是女儿本人似的。不知为何，我突然觉得她的表现有些可笑。我走过去，她连忙将连衣裙收了起来。自从上次以后，她总觉得我要对这件连衣裙图谋不轨——真是笑话，我要它做什么？

我跟她讲了我搬运尸体时的见闻，以及我们的“经验之谈”，最后，我对她说：“不要太过伤心，人和物品其实没多少区别。”

听到这话，她注视着我的眼睛，沉默了良久。接着，出其不意地，她突然扬起手打了我一巴掌。这一掌力气很大，我的右半边脸火辣辣的痛。“你这是干吗？”我几乎被打蒙了，想不通她为什么要这么做。

“我不喜欢听你说这种话。”她低声说。过了一会儿，她问我：“还疼吗？”

我不理她。她轻柔地摸了摸我的脸，眼神中是无比的爱怜。我想生气，却怎么也生不起来了。这究竟是怎么回事？

“我不喜欢谈论这些话题。”她说，“我还是想听你讲你做过的那些梦。”

我见到了一只蓝色的小兽。

它的眼睛又圆又大，有点像电影里的外星人；皮毛是鲜亮的蓝色，然而却比我此前见过的所有蓝色都更纯洁、深邃，仿佛在黑暗中散发着微弱的荧光。它慢慢地靠近我，嗅了嗅，然后离开一点距离，用那双奇异的眼睛打量我。我甚至觉得它是在审视。过一会儿，它又靠近过来，重复嗅我的动作。它看上去可爱极了，简直让我不知如何描述。

我慢慢地坐起身，它并不害怕，依旧待在原地，用无辜的眼神望着我。我们对视着。时间不知不觉溜走，我觉得在对视的这段时间里，我好像老了一些，脸上甚至出现了皱纹（可我是怎么看到自己的？）。我抚摸它，它柔顺地任由我抚摸，好像很享受。我看到我的手掌变得和父亲一样大，上面布满了纹路。刹那间，它跳开了，闪电般隐入了黑暗中。我愣在原地，不知如何是好。不知从哪里来的风吹了过来。我听到了哭泣声，那哭声来自于我自己。

醒来时我觉得很奇妙。这梦是如此真实，我的手上还残存着抚摸蓝色小兽毛发的柔和感。它会不会是真的？会不会某些我认为是梦的事物其实是真实发生过的？我感到后背发凉，使劲摇了摇头，将这个念头驱赶出去，我就快要分不清梦境与现实的界限……

她还在睡着，蜷缩在角落里，手里抱着白裙子。阳光照在她一半的脸上。她睡觉的时候面容平和，使她看上去年轻了不少。无疑，她是一个美丽的女人。我虽然没有见过慧慧，但我相信她一定也是一个漂亮的女孩。但她留在世间的就只剩下了那条白色连衣裙。

整个白天，我随着救护车跑了三个地方，见到了两个死去的老人，其中一个是自杀，另一个突发心脏病。幸运的是，他们被发现的时间都不晚。还有一个死者是年轻人，死因不明，据说此前他已经有几个月没有下楼了，吃饭都是叫外卖。他比我大不了多少，二十岁出头的样子。在搬运他的时候，我突然想，他会不会是我的哥哥？当然，这只是我一瞬间的恍惚，因为父母从未说过我有哥哥。我是独生子。

回到大楼时天刚刚擦黑。她已经在那里了，而我怀疑她根本没出去。近来她好像越来越依赖这里了，很少再回自己的家。但细想一下，我不也是这样吗？我喜欢这里，喜欢只有我们两个在这栋空荡的大楼里，喜欢这种被静谧包围的感觉……

我们还是像往常那样沉默无言。

“你身上有一股不好的味道。”她突然说。

我闻了闻自己的衣服，并没有奇怪的味道。我奇怪地看着她。

“好像是……死人的味道。”她说。我这才发现，她刻意与我保持着距离。

“没错，”我说，“今天累死我了。”

“我不喜欢这种味道。”她声音小得几乎听不清。

“但我闻不到。”

“我可以闻到。那段日子，慧慧身上就是这种味道，我想忘也忘不了。”

死亡的味道。死亡是什么味道呢？我知道，有的死者会有腐臭味，但她所说的应该不是这个，况且我早就好好地洗过澡了。那死亡是什么味道呢？我无从体会，也无法想象。

她的身体紧绷着，显得很紧张，看来这种“味道”使她非常不安。我感觉我在她眼中成了一个秽物，这让我觉得耻辱。可能根本就没有什么“死亡的味道”，这全是她编造出来的，因为她是一个疯女人。

过了一会儿，她放松下来了。她主动靠近我，摸了摸我的头发。

她在我耳边说："但你身上有一种蓬勃的生命的味道……我喜欢这种味道。"

什么又是"生命的味道"？我完全被她搞糊涂了。而她笑了。笑声混合着她的气息。我又想到了那只蓝色小兽。我不知道为什么会想起它。我对她说："我做了一个梦……"

我做了一个梦。

还是那个大厅，只是此时空无一人。四处皆寂静，走起路来声音回荡在四壁之间，有贯穿身体之感。我走着，走向那扇开启的大门。有白色的光从门中射出来。我走入大门，就看到了熟悉的场景：一张齐腰高的床，位于大厅中央。我走近那张床，穿白衣的女孩躺在上面，双眼紧闭，缓慢而艰难地呼吸着。我甚至可以看到她呼出的那层薄薄的、转瞬即逝的白气。

依然看不到人影。卖票的人也不见了。整座大厅空空荡荡。

她细弱的胳膊顺从地放在身体两侧。手指纤细，纹丝不动，宛如一件精美的艺术品。她的锁骨很好看，令我联想起图画中天使小小的翅膀。白色连衣裙一尘不染，闪耀着纯净的光。我看着她，看着生命正从她的身体中悄然流逝，而我毫无办法。我突然看到床好像变大了，于是我爬上去，躺在了她的身旁。大小刚刚合适。我感到了一种从未有过的安心与幸福。不知过了多久，我向旁边挪动我的手，就在我的手背触碰到了她身体的某个部位时，梦突然结束了。醒来后，我感到下身一片黏稠。

黑暗中，悔恨几乎将我淹没。我觉得自己亵渎了那个不容侵犯的形象。

这个梦，我当然不会向她提起。

白天，一整天我都无事可做。于是她提议玩捉迷藏的游戏。这是我们此前经常玩的。大楼里只有我们两个，地方又大，最适合玩捉迷藏打发时间。最初，我非常喜欢这个游戏，我喜欢藏起来，让她来找我。每个房间里都灰尘弥漫，我躲在各种废弃物后面，或是置身于阴暗的角落里，兴奋又安静地等待她的到来。只是大楼太大了，哪怕是在其中的某一层，搜寻起来也是无比困难。几乎每次她都累得气喘吁吁，却怎么也找不到我，最后都是我走出来主动结束游戏。后来她提出让我来当寻找的人，她来躲。可第一次我就厌倦了，我很快失去了耐心。这个游戏就这样被我们抛弃了。

今天，她不知怎的突然心血来潮。我答应了她，让她来当隐藏的人，我来找。可能是因为那个梦，我的心中莫名对她有一丝愧疚，尽管我也说不出愧疚的出处。她看到我答应了，兴奋地像个小女孩，让我闭上眼，对我说："数一百下，才能睁开哦。"

我听到她脚步远去的声响。

一百下数完了，我睁开眼。四周很安静，连风声也听不到。只有我一个人，站在一束浑浊的阳光中。闭眼之前，光束还只在我的脚边，现在它挪了过来，正好照在我身上。太寂静了，恍惚间我以为又来到了那个大厅。我就这样在原地愣了一会儿，才回过神来。我转过身，开始寻找她。

我找了几个房间，一无所获。可能我并不用心。我直接忽略了好几个房间，来到了一间类似储物间的小房间里。这里的空间很逼仄，在以前它可能用于放置一些杂物。我例行公事似的找了找，当然没找到。可我无意间发现了几个被蛛网和灰尘吞噬的纸箱子，我打开其中一个，里面竟是一台小型唱片机。我的父亲也有一台，比它要大，已经有些年头了，父亲一直打算把它处理掉，因为它很占地方。不知道现在怎么样了？

我打开了另一个纸箱，里面果然是一大摞唱片。我抽出其中一张，上面的文字我不认识。我把它放在唱片机上，然后打开了开关。唱片机竟然立刻就运转起来。一种奇怪的音乐传了出来。乐器很简陋，有鼓，有小号，有钢琴，还有一种嗡嗡响的乐器不知是什么，几件乐器混合起来，互相交织，竟有一种意想不到的温柔。我坐在唱片机旁边，听着，这仿佛来自于遥远地方的陌生音乐。后来睡意一阵阵袭来，我闭上了眼睛。

我醒来时，看到了奇怪的一幕。

那件她视为珍宝的白色连衣裙正盖在我的身上。而她，正俯身盯着我看。尽管见我醒来后，她连忙将连衣裙收起，转头离开，但我能感觉到，她已经盯着我看了很久了，而且最让我疑惑的就是连衣裙为什么会在我的身上？此时，依然是浓浓的夜色，只有微弱的星月之光勉强可识别周遭的事物。她的眼睛在夜色中很明亮，像星光般闪烁，让我联想到某些猫科动物。

她一声不吭,只是对着外面的黑夜抽烟。我走到她身后，眺望远处。但黑暗覆盖了一切，几乎什么也看不见。她的后背比白天时更要单薄，不可捉摸。我们都沉默着。

后来，她开口了。她说，白天时我听到的音乐叫爵士乐，现在已经很少有年轻人喜欢听了，而她年轻时曾在酒吧里以演唱爵士歌曲为生。那个嗡嗡作响、持续不断的乐器叫贝斯，它的功能是为乐队提供一个稳定的节奏。它往往隐藏在其他乐器之后，却是不可缺少的。这是我第一次了解关于她生活的事，此前她从未对我说起过她早前的经历。我没有再问别的问题。

这个诡异的夜晚很快就过去了，生活又恢复了正常。我几乎每天都有工作。这段时间，我们很少说话。夜里，我梦到慧慧的次数越来越多了。许多次我来到那个大厅，看着躺在床上的慧慧。有时我的周围全是嘈杂的人群，有时则空无一人，异常寂静。不论如何，我都会来到慧慧身边，守护着她。尽管她每次都是昏迷的状态，但我知道，她是能感受到我的，我们之间有一种超越常规的沟通方式，我感受她的同时，她也在感受着我。我清晰地体会到，我们之间是互相理解的。

梦境无数次显现，我突然意识到，我好像喜欢上慧慧了。可慧慧根本是梦中的人啊，她确实在现实中存在过，但现在她早已不存在。我想不到自己有一天会爱上一个只会在梦中存在的女孩。但是，这是我第一次有这样强烈的感受。难道在梦中人的情感会增强？总之我对现实中的人从未产生过这样的情感。

对此，我无人可以倾诉。我变得更加焦躁不安，既想要入睡，尽快见到她，又害怕梦到她。我反复地告诫自己：她是不存在的，那只是一个梦。可我禁不住诱惑，每次都心甘情愿地走入相同的梦中，与她静静地待上一会儿。梦境中，黑色的枝丫在我们四周疯狂生长，越长越茂盛。耳边是溪流声。她躺在黑色枝丫缠绕而成的床上，像是一个将要融化的冰雕美人。

我不知道该怎么办。我打开塑料桶，让蝙蝠吸我的血，这使我暂时好受一些。蝙蝠由于可以定期吸到我的新鲜血液，变得又大又肥，急不可待的。它贪得无厌的样子让我厌烦，但我还是每日让它吸我的血。直到有一天，我看到它死在了塑料桶里，明显是被棍子打死的，血肉模糊。

"我不想让你伤害自己。"她对我说。

又是一天晚上，我被什么东西惊醒。我看到自己身上又盖着那件连衣裙，而她坐在我的身边，睡着了。我不知道她究竟想做什么。我没有叫醒她，而是拿起裙子，悄悄起床。裙子洗得很干净，散发着旧日子的味道。这是慧慧曾存在过的唯一凭证。我拿着它，几乎一动也不敢动，仿佛手里拿着的是一件圣物。她也醒来了，惊慌失措地抢过裙子，走开了。在角落中，我又看到了那只蓝色小兽，它用狡黠的目光注视着我。

后来，一天中午，她没有像往常那样沉迷于自制的烟卷中。她将裙子从皮箱里拿出来，攥在手上。阳光照在上面，白得耀眼。她雕塑似的站了一会儿，然后走到我身边，说："我想请求你一件事……"她的声音很小，似乎底气不足。

“什么事？”

“我想让你穿上它，可以吗？”

我万分惊讶地看着她。她究竟是什么意思？我是一个男人，她竟要我穿上她死去女儿的连衣裙？尽管这里只有我们两个人，但我依然不能满足她的要求，甚至当时我是有些恼怒的，我觉得她一定是在戏耍我。

到了晚上，我做了几个凌乱的梦，早早醒来了。我一眼就看到那件白色连衣裙被叠得很整齐，就放在我的脑袋旁边。她不见踪影。我找了找，没找到。幽暗的大楼里，此时只有我一个人。我盯着那件在黑暗中依然洁白的裙子。我盯着它，盯了很久。

我将连衣裙拾起，不知道该做什么。我的手指摩挲着它丝滑的触感，这是一种奇妙的感觉。连衣裙上似乎聚集了月色的光泽。而在幽暗的角落里，我发现一样奇怪的东西。这个东西方方正正的，我看不太清楚，但我知道那是此前没有的。我走近那个东西，才分辨出来是一面落地镜。这落地镜是从哪儿来的？我站在镜子前，借着微弱的光亮，看到镜中晃动的人影。我当然知道那是我，但总是有些陌生感，仿佛镜子里面的人影是在故意模仿我的动作。我感到了害怕——这是离家出走后的第一次。但我很快镇静了下来。慢慢地，我的眼睛适应了黑暗，镜子中的人影也愈加分明。我看到自己出现在里面，手里拿着连衣裙。镜子中，我与我对视着。忽然，我产生了一种欲望：我想要穿上它。

我想到了一件已经隐匿多年的往事。眼前的场景，使这件本已淡忘的事突然变得栩栩如生起来。那是在我大约六岁的时候。有一天我一个人在家，房门紧锁，我百无聊赖地在屋子里转来转去。我打开衣柜，钻进去，然后关上柜门。我置身于各种花花绿绿的衣服中。那是母亲的衣柜。那些衣服帷幕般将我层层包裹。很快，我就觉得烦腻了。我走出柜门，随便拿了两件母亲的衣服。我穿上它们，站在镜子前，就像是此刻一样。我觉得很有意思——穿上母亲衣服的镜子里的那个人，像是换了一个人，与此前完全不同。我就这样看着镜子中的自己，看了很久，仿佛第一次见到。

当然，这件事我从未告诉过任何人，后来我也没再做过，再后来就干脆完全忘记了。

这一次，我不知是受到了什么念头的驱使，不但想起了这件事，并且竟然真的脱下了身上的衣服，换上了连衣裙。开始，我是以一种戏谑的心态做这件事的。我穿上了连衣裙，看着镜中的自己。夜色中，连衣裙的颜色依旧很鲜亮。只是它对我来说有点小，被我穿得紧绷绷的，看上去有点滑稽。我几乎快要笑出声了。可渐渐地，我开始把镜子里的自己当成另外一个人。假如镜子里的人不是我，那会是谁呢？慧慧吗？这件连衣裙确实是她的。我开始想，如果我是慧慧，我的生活会变得如何不一样？起码，我会有一个无比爱我的母亲，除此以外，我的生活也将完全不同吧？在这一刻，我看着镜子中那个滑稽的形象，对自己生出了极度的厌恶感。我为什么会是我现在的样子？我为什么会是“我”？

是的，可能是因为年龄的原因，我无法说明这种情绪究竟是什么，它就像是某种“不名之物”，浸透了我的全身，更是渗进了我的内心。在镜子前，我难受得想吐，眼泪不由自主地流下来。因为我想到这一切已无法改变，我必须承受着这种厌恶继续活下去。

我不知道那只蓝色小兽是何时出现的。当我在镜子中发现它时，它似乎已经观察我很久了。它就在离我身后十米远的地方，用那双奇异的大眼睛凝视着我。它深蓝色的皮毛散发着幽光，像是一团磷火。不知是否是我的幻觉——我发现它在对着我笑。我从未见到过动物的笑容，然而我并没有恐惧，相反，我觉得自己与它莫名地亲近。

它的笑容让我重新平静下来。我仔细打量镜子中这个穿着连衣裙的人的形象。“他”会是我的另一种可能吗？“他”是否能摆脱这注定终生相随的厌恶感？还有一个重要的问题是，镜子中的这个形象是否真的是“我”？

每当夜晚，我的思维就会格外发达，而这也让我头昏脑涨。我怕其他人看到我现在的样子，于是赶紧脱了连衣裙，强迫自己进入睡眠。

那一晚的梦中，我躺在慧慧的身边。我们还是在空无一人的大厅里，只是我发现自己的身上穿着和慧慧一样的白色连衣裙。这一次，我没有感到任何的紧张。我们躺在一起，就像是一对孪生子。我知道，自己还是爱着她的，只是这种爱似乎比以前更为复杂，或者说，更加幽深了。

我根本搞不明白是怎么回事。

之后的几个夜晚，我都会在半夜起来，并看到那件白色连衣裙就放在我的身侧。这是一个阴谋，我想。比如，那面落地镜是怎么到这里来的？太多的事情解释不清。白天，她总是若无其事，而到了晚上她便不见了踪影。我明知是个阴谋，却还是每晚都会鬼使神差地穿上连衣裙，准时站在那面镜子前。对此我几乎已经上瘾了。这种时候，我仿佛暂时脱离了自己的身份，变为了一个特殊的存在物。我喜欢这种感觉，就像是躲在母亲衣柜的帷幕般的重重衣物中。我仿佛找到了一条崭新的通往自己的道路，厌恶感不见了，取而代之的是新鲜感。有时，我恍惚觉得镜子里的人变成了慧慧，她就在那里，好奇地打量着我。

直到有一天，在我刚刚穿上连衣裙后，我听到了从黑暗中传来的脚步声。是她。我当时的窘迫与尴尬可想而知，我束手无策地站在那里，身上穿着慧慧的裙子，而我却是一个男人。很长的时间内，她只是凝视着我，什么也没有说。那是一段窒息般漫长的时间。在她的眼中，没有责备或惊讶，反而有一种跳跃的光芒。我觉得自己在那段时间里变成了一根水泥柱子。

时间静止了吗?

而她终于朝我走了过来。她走到我面前，摸了摸我的头发，然后拉起我的手臂。“不要害怕,”她的声音很轻柔，仿佛在夜色中弥漫开，“跟我说说你最近做的梦吧。”

于是,我便对她说了我做的梦。这一次我没有丝毫隐瞒，将那些与慧慧有关的梦全盘托出。随着我的讲述，她的表情变得认真且严肃起来。我犹豫着，几次中断了叙述，而她每次都点点头，说：“讲下去。”不知为何，在她面前我突然像是犯错的小学生般胆怯。我半点也不敢隐瞒，将我做过的与慧慧有关的梦一字一句地说给她听。

最后，她若有所思地说:“以后你不要再去搬运尸体了。”

我很困惑，但也只是点点头，不敢提出疑问。

“好了，你可以脱下来了。”她说。

我如释重负，将连衣裙脱了下来。接着，我看到她转过身，弯腰抱起了什么东西，摆到我俩之间。是那台小型唱片机。她将一张唱片放进唱片机的转台上，落下唱针，音乐伴随着沙哑的嘶嘶声流淌出来。刹那间，我有些迷惑。这一切就像是她提前预备好的。可她准备这些究竟要做什么呢？我还没来得及问，就听到她的歌声。

她唱的是外文，我一句也听不懂，但即使如此，她的歌声依然打动了我。每一个音符就好似穿过了浓稠的黑暗，带着满身伤痕来到一处光明的地方，然而它们并不急于哭诉，而是在光芒中静静悬浮着，直到自身变得透明，以至于完全消失。但它们怎么会完全消失呢？它们只是以另一种形态扎下了根，以另一种方式存活着，就像是慧慧……

“这是慧慧最喜欢的歌。”她说。她的眼睛依然在黑暗中闪烁着光彩，“每次她听到这首歌，都会流泪，都会抱住我，那种感觉就像是我马上就要死了似的……你能像慧慧那样抱抱我吗？”

我踟蹰着，走向她，慢慢伸出双臂，抱住了她。这一次，是她流下了眼泪。她的头发刚刚洗过，贴着我的脸，我闻到了一股清香。我想象着慧慧还活着时的情景。

“你说过永远都不会离开我，可是为什么，为什么……”她紧紧地抱着我，由于哽咽而词语模糊。我手足无措，不知该如何安慰她，只好说：“我在这里。”

我梦到了我的父母。

他们站在离我很远的地方，中间隔着一条湍急的河流，两旁是错综复杂的丛林。我的父母分别站在河流中央的岩石上。母亲双臂交叉在胸前，好像在观察附近的一株植物，父亲抽着烟，专注地凝视着河水。他们之间没有交谈。我看不清他们的脸，可我清楚地知道他们是我的父母。我不知道他们是怎么到岩石上去的，因为河面宽阔，想走到那里并不容易。

全世界似乎只有河流哗哗的碰撞声。

后来场景就转到了我的家。我已经很久没有回去过了，但梦中所有的事物都格外熟悉，就好像我刚刚放学回到家里一样。我的母亲像往常那样坐在客厅的沙发上专心致志地看电视，父亲则在厨房里抽烟。厨房的门是毛玻璃制成的，父亲模糊的身影在门后晃动。电视机的光亮映照着母亲的脸。我走过她，来到沙发后面。那是一块幽暗的领域。我看到那张齐腰的床，一个穿着白色连衣裙的小女孩躺在上面，面色红润，手里抱着布娃娃，似乎是睡着了。我知道，她是我的姐姐。

我从未见过我的姐姐，因为在我出生前她就死去了，大约是六岁时，死因是车祸。第二年，他们生下了我。这些事我的父母讳莫如深，我是从他们偶尔提及的只言片语中积累起来的。如果真是这样，那我无疑是作为我的姐姐的替代品来到这个世上的，这也解释了为什么从小我的父母就不喜欢我——替代品毕竟无法跟正品相比。

他们小心收藏着姐姐穿过的鞋子、玩具、发卡之类的小玩意，然而我却没有见过她的照片。他们不让我看她的照片，理由是怕被我“弄坏了”。而我一直怀疑，所谓的“姐姐”其实并不存在，或者说只存在于他们的幻想中，是由于我太过令他们失望，他们才编造出或幻想出这样一个并不存在却乖巧懂事的“姐姐”——在他们有意无意的提及中，姐姐总是以灵巧听话的形象出现，反衬他们对于我的极度沮丧。

“如果我们只有一个女儿就好了。”某一次，母亲曾脱口而出。

我看着这个入睡的女孩。她是我的姐姐吗？她与慧慧有什么关系？冥冥之中我觉得她与慧慧有着千丝万缕的联系，我甚至觉得，她们就是同一个人。但这可能吗？如果她们是同一个人，慧慧的母亲——那个神秘的女人又是谁？这一切让我无比烦躁。客厅的灯光愈加昏暗，到最后变成了紫色。父母不知何时不见了踪影。电视机还开着，从不清晰的影像中，我看到了一个穿着连衣裙的滑稽男人……

“做噩梦了吗？”

我醒来，发现自己竟然在浴盆里睡着了。我愧疚地对她笑了笑。自从那天以后，我们的关系似乎比以前更加紧密了。她说她喜欢看我穿连衣裙的样子。开始我是很害羞的，尽管观众除了她以外并没有别人。后来，当我在她面前换上连衣裙时，我莫名地产生某种快感。我胯间的事物居然高高翘起。我非常羞愧，而她也变得面若冷霜。我做错了什么事吗？我不敢问她，也不敢看她的双眼。

一天晚上，她领我到她租住的平房里。她租的平房很大，中间还有一个院子，月光照在院子的地面上，像是铺了一层盐粒。我心中满是疑惑，她哪儿来的钱？但我没有问。我被院子里的一个大塑料盆吸引了。

她对我笑笑，开始往塑料盆中倒进热水。她将手伸进去试了试水温，笑着说："正合适。"她走过来，帮我脱掉上衣，又脱掉我的裤子，很快我就一丝不挂了。奇怪的是我并没感到羞耻，反而觉得像是仪式般神圣。我走进浴盆，浸泡在温热的水中。

她开始帮我擦拭身体，很仔细，不放过一丝一毫的皮肤。"慧慧的每一次澡都是我帮她洗的，从她出生开始，到入殓前的最后一次。"

她的手指很柔软。我觉得自己就像是一个新鲜的婴儿沐浴在热水中。水声起起落落，清澈悦耳，月光也微微摇曳。水蒸气模糊了我的视线，于是我干脆闭上眼睛。

水流轻轻地拂过我的皮肤。每晚我都会浸泡在温暖的水中。她细心地为我擦拭身体，有时用毛巾，有时则用手指。我的眼前，蒸汽袅袅升起，一切事物都变得柔软而朦胧。她会在我的身体上涂抹一种透明沐浴液。这种沐浴液凉凉的，一沾上我的皮肤就立刻凝结成一层薄薄的膜，而我像是一个木偶，任由她的摆布——但我感到安宁，就像浸泡在母亲的羊水中。我不禁将身体在水中蜷缩起来，我相信那是我出生前的模样。

我沉下去。无限的空间。我在其中遨游，水母般柔软的生物徘徊在四周，幽暗的光芒曲曲折折地映照在头顶。一蓬蓬的水草舞动着，轻柔地缠绕住我的脚踝。我看到那个穿白色连衣裙的女孩，她的衣摆和头发浮动着，躺在无限的静止与空无中。她仰面躺着，一动不动，宛如一种神秘的舞蹈。我努力地游过去。慧慧。姐姐。你到底是谁？我的皮肤开始发皱，发白。我张开嘴，只有水泡不断冒出来。

“不要睡。”

她轻轻地摇醒我，扶着我走出浴盆，用毛巾为我擦干身体，然后让我穿上那件连衣裙，整夜为我讲述慧慧的故事。而我总是昏昏沉沉的，她说的话我几乎一句也记不住。

这段时间，我觉察到了我身体的变化。我的皮肤越来越光滑、细腻，就像是女人的皮肤，而我的喉结几乎消失不见了，嗓音退回到变声前那样。她满意地看着这些变化。尽管她从未对我说过，但我知道这是她乐于见到的结果。

我并不想去问缘由，一点也不想，我只是想跟她一直待在一起，是的，我发现自己越来越依赖她了。

在我浸泡在浴盆中时，有时她会悄然离开，进到屋子里。屋子里往往会坐着一些神秘的男人，他们的面孔昏暗不清，当他们走进院中时，看到浴盆中的我都会露出惊讶的表情，而她微笑着，拉起他们的手，将他们拽进屋子里，然后紧紧地关上门。于是我终于知道了她的收入来源。不过这与我有什么关系呢？我时刻关注的是我身体的变化。我感到一种蛇蜕皮的快感——旧时的皮肤一点点剥落，露出崭新的皮肤。那么，我会成为一个崭新的人吗？我不知道。月亮总是很大。

有一天，当她为我擦拭后背时，我听到她传来“呀”的一声。“怎么了？”我问。她让我看我的左肩。我扭过头，发现我的左肩膀上不知何时出现了一块指甲大小的棕色瘢痕。“这是胎记。”她解释说。

“胎记？”我疑惑地看着她。以前这里是绝对没有什么胎记的。我问她怎么回事，她只是莫测地微笑着，什么话也不说。之后又过了两天，她似乎抑制不住兴奋的情绪，对我说："这是慧慧的胎记啊。"

慧慧的胎记？为什么会出现在我的身上？而我依旧什么也没问。

"事情已经不可抑制进行下去，就像是火焰，当它点燃后，就不可能再回到燃烧之前的状态。"

有些时候，我浸泡在浴盆中，听着从屋子里传来粗重的喘息声和木床不堪重负的呻吟声（这是很经常的），我会思考，我与她究竟是一种怎样的关系呢？在我的潜意识中，我知道我们之间存在着一条神秘的纽带，是它决定了我们的相遇。

但我忘记了自己是怎么认识这个女人的，当我想到这个问题时，她已经出现在我面前。

天渐渐地冷了。风吹过，我潮湿的皮肤就冒起一层小颗粒。可能是走出浴盆时着了凉，我得了严重的感冒，喷嚏不断。又过了两天，我发烧了，烧得很厉害，全身像是散了架，一会儿冷一会儿热。我只要站在地上，脑袋就感到眩晕，所以我只能躺在床上。她不再接客，而是每天照顾我，喂我吃药，将冰凉的毛巾放在我额头为我降温。我一整天都觉得很困倦，但奇怪的是，我一次梦也没做过，这对我来说十分反常——自从我懂事以来，几乎每天都会做梦，甚至打盹时梦也不会放过我。因此，她曾称我为“爱做梦的孩子”，可现在，这个“爱做梦的孩子”却失去了梦。这使我心中不安。

我想，这或许与那只蓝色小兽有关。

它总是忽然出现，又莫名消失。在我被高烧折腾得迷糊时，它毫无声响地爬上我的床，像是一只猫那样卧在我的床头。它明亮的眸子目不转睛地盯着我看。它到底是从哪里来的？在她喂我喝水时，我忍不住问了她关于蓝色小兽的事，没想到她诧异地看着我，对我说：“什么蓝色小兽？我看你真是烧糊涂了。”

我这才知道，她根本看不到它。

这是怎么一回事？难道只有我能看得见它？它就在我的床上、身上嬉戏，有时则会爬到柜子上，或是钻进床底下，有时甚至就匍匐在她的脚边，可她从来都对它视而不见。只有我能看到它，是的，这使我产生了一种很奇特的感觉，就好像在看一场恶作剧，她就是恶作剧中毫不知情的那个人。

发烧持续了整整一个星期，在这期间，我一个梦也没做过。我睡着后就如同失去了意识一般。这实在太不可思议了。我忽然想起，在一本书中我曾读到过，有一种专门以食梦为生的动物，叫作“貘”，这只蓝色小兽会不会就是传说中的“貘”？如果真是这样，那我的梦就是被它吃掉了，它跟在我身边，就是为了捕食我的梦，就像蝙蝠偷偷吸我的血一样，二者没有区别。

有一天，我从空空如也的睡眠中醒来，发现她正坐在床边哭泣。她哭得很伤心，声音却又很细微，就好像想把眼泪努力压回眼眶里。可以看得出，她憔悴了不少，而这都是为了我。于是，我伸出手，轻轻地碰了碰她的手背。她停止了哭泣，朝我露出了笑容，晶莹的泪珠仍挂在她的睫毛上。“你会好起来的。”她温柔地抚摸着我的头发说。

几天后我的体温终于恢复了正常。经过这场高烧，我的身体虚弱了不少，当我再次穿上那条连衣裙时，已经不再像以前那样紧绷绷的了，可以说，变得更为合身。

她在一旁很欣慰地看着我，然后招呼我过来，将我搂在怀里。我闻到她身体清香的味道。这一刻，我的心中充盈着幸福——我为她对我更加满意而深受鼓舞。

“戴上这个。”

她从衣柜中拿出一副女人的假发。我戴上了它。她坐在椅子上，仔细地打量我，似乎不想放过任何一个细节。她不时会皱起眉头，片刻又舒展开。我内心十分忐忑，每当她蹙眉时，我都会想，我是不是哪里让她不满意了？如果真是这样，我想我会非常羞愧。

这审视的时间格外漫长。终于，她的目光柔和下来。她站起身，走到我身旁，轻轻地抱住我。我听到她在我耳边说：“慧慧，慧慧……”

她的声音很轻，像是低声呼唤，又像是在喃喃自语。

“进去吧。”

在我面前的，是一架铁质的牢笼。此前，它放置在屋子的角落里，上面盖着一条桌布，又摆放着木板，木板上又有一些生活用品，外表看上去与一个书柜没什么两样。因此，当她拿掉木板，将桌布一把扯下，露出牢笼的真容时，我的惊讶程度可想而知。

组成笼子的铁杆已经生锈，但仍闪烁着幽光，仿佛散发着寒气。

她有些得意地站在一旁，点燃了一根自制烟卷。

她对我说：“进去吧。”

我的目光在她脸上游弋。她的表情并没有什么变化，也没有丝毫恶作剧的神情。她就是那样站在铁笼旁，一手夹着烟，一手抚摸着铁笼的一角。她打开了铁笼那扇小小的门，等待着我，仿佛这是一件理所应当的事。

“我建造这个铁笼，是源于慧慧的一次哭泣。”

她点燃烟卷，开始了讲述。

“那天我们早早入睡了。外面的雨下得很大，电闪雷鸣，每一次闪电都会将屋子瞬间照得惨白，几秒钟后，就是轰轰的雷声。我俩当然都没有睡着。她蜷缩着身体，紧紧地依偎在我的身边。那时天气很热，但我们仍然盖着厚厚的毛毯，我知道，毛毯可以让她感到些许的安全——其实我自己何尝不是如此呢？

“我们在黑暗中睁大眼睛，期待这一场雷雨早点过去。

“慧慧，我的女儿，她哆哆嗦嗦的，害怕极了。于是我搂住她，‘这个夜晚早晚会过去的。’我这样安慰她。谁知，她用困惑的眼神看着我，就好像我说了一些她听不懂的话。半晌，她对我说：‘妈妈，我确实很怕打雷，但我更害怕另一件事。’说完这些话后，我看到她的目光暗淡了下去，露出很难过的样子。接着，流下了眼泪。

“不知为什么，我感到很平静。我轻轻地用手指抹去她脸上的泪水，等着她说下去。

“雷声接连不断，雨水倾盆而下，我感觉我们就像是生活在瀑布下面。她的声音很小，掺杂在这些巨大的声音中，几乎被掩盖了。我看着慧慧。我感到她是多么柔弱啊，以后可怎么办呢？想到这里，我将她抱得更紧了。

“她在我的耳边说：‘妈妈，我害怕的是有一天我会离开你，我太爱你了，没法想象离开了你会怎样。’她说这些话时的表情很可爱，我轻轻刮了一下她的鼻尖，说：‘傻姑娘，妈妈永远都不会离开你，永远都不会。’我以为，这起码可以让她稍稍安心。

“谁知，她听到我说的话，立刻坐了起来。她看着我，表情很严肃。我不知道发生了什么，也坐起身。她的这种表情我以前是从没见过的，说实话，当时我有些被吓到了。我问她：‘怎么了？’‘妈妈，’她说，‘我知道你不会离开我，但我说的是，我害怕有一天我会离开你。’‘怎么会呢？’我疑惑地说，‘你刚刚才说过不想离开妈妈，再说了，如果有一天你离开了妈妈，那也是很正常的事，孩子长大后都会离开妈妈的。’

“没想到，我的话好像刺激到了她。她哭得更厉害了，甚至有些歇斯底里的。我吓坏了，只好紧紧地抱住她。她的身体不停地颤抖。过了一会儿，她才平静下来。‘不，’她带着哭腔说，‘我不想离开妈妈，我一想到以后会离开你，我就会难受得不行。’‘那就不离开，我们永远都不分开。’我安慰她。‘可我不能保证以后不会离开你呀，’她近乎天真地说，‘很多孩子后来不都离开妈妈了吗？’‘那怎么办呢？’我一时不知如何应对。

“‘有天我梦见我在一个笼子里，’她停顿了片刻，‘妈妈，为我做一个笼子吧，那样我就不会担心离开你了，我也不会再害怕了。’她说这些话时冷静得像是一个大人。于是我来到这个废品回收厂，捡来一些不用的铁棒，请人焊接了这么一个笼子。我的慧慧，她高兴极了，每天大部分时间都会住在这个笼子里。我的慧慧，她对我笑，说这样就再也不会离开我了。可是，可是……”

此时，烟头已经燃了三分之一，长长的一截烟蒂悄然掉落。她什么也说不出来了。

现在，我置身于铁笼中。

是我自己主动钻进去的。

铁笼的空间很局促，我只能勉强保持坐姿。而它的内部总是很昏暗——那种像是浓烟一般的黑暗究竟是从哪里来的？我深入其中，那黑暗就吞噬了我，漫过我的四肢和身体，最后是我的意识。她在我的耳边说：“慧慧，慧慧……”而我看着她，就像是在看一个虚无缥缈的幻影。她的脸在黑暗中浮现，有时她伸出手，抚摸我的脸庞。她的目光闪烁不定。

黑色的枝丫在疯狂生长。

我依旧只是做很短的梦。我知道那只蓝色小兽还潜伏在我的周围，它夺走了我的梦境。在这个铁笼内，时间感丧失了。我感受着这个慧慧曾经待过的地方。我体会着慧慧的处境，甚至想象她当时的感受。我的身上还穿着她的那件白色连衣裙，经过这段时间，它早就变得有些脏了。

"慧慧……"

这个名字变成了一个梦魇。我在黑暗中睁开眼睛，感觉到内心深处的变化。在某些寂静的时刻，我感到自己变成了慧慧。会不会，这本身就是一场梦呢？我真的就是慧慧，我一直都在这个铁笼中，因为我不愿离开我的妈妈。而此前所有发生的事，都只是我做的梦。我看着手掌，觉得一切都是那样难以理解，却又简单明了。

"慧慧……"

我又听到了那个名字。我又听到了那个女人的呼唤。她是在呼唤我吗？我看不到她的身影，只能听到她的声音。眼前是伸手不见五指的黑，我像是在迷雾中摸索。我寻觅着那个声音，我的意识随它远去。

"慧慧……"

我不会再放过它了。它稍纵即逝。我对着那个呼唤发出了回应，我说："哎。"

我就是慧慧。"我们永远都不分开，好不好？""我们永远都不分开。"我记起了一切：暴雨，闪电，雷声，紧握的手，流下的泪水，永恒的誓言，"我们永远都不会分开"。

就在这时，我看到了那只蓝色小兽，或者说，"貘"。

它与我面对面，带着那种似笑非笑的诡异表情。它吃掉了我的梦，它是一个贪得无厌的家伙。我凝视着它的眼睛。我感到时间的风吹打在我的身上。另一种熟悉的记忆又回来了：废弃的大楼，离家出走，搬运的尸体，凸起的喉结……我的头撕裂般地疼痛。究竟哪个才是我？它慢慢地围绕着我踱步，不时停下，打一个哈欠。我伸手想要抓它，它一闪就不见了踪影。

如此漫长的夜晚啊。

我看到人影晃动。是那些陌生的男人。他们分别走进屋子。他们看到我，每个人的脸上都明显露出吃惊的表情。而她笑呵呵地将手搭在他们的肩膀上。我看着他们，在床上，褪去了衣物，变成了两头动物。我的脑海中又浮现出蓝色小兽那嘲讽似的笑容。

我勃起了。液体呈线状喷射而出，在空中变成伞状，缓缓落下来。

我虚弱地倚靠在铁栏上，低下头，看着脏兮兮的裙子。

然后，她走了过来。她的脸因愤怒而扭曲着。显然，她看到了刚才的一幕。我几乎从未见她如此生气过。她打开笼门，将我拖了出来。我麻木地回应着，脑子里一片空白。

厌恶感——无可抑制的厌恶感，再一次将我包围。

这时，我感到我的后脑勺受到了重重一击。

我醒来时，发现自己被捆在了一张大床上。

夜色低垂，繁星点点。我知道这里是大楼的天台，那上面常年放置着一张废弃的钢丝床。我的四肢被固定在床的四角，动弹不得。我仰面朝天，眼前是静谧的夜空。偶尔有几颗星星闪烁几下，又消失不见。而月亮依旧明亮，悬挂在天空的一角。我盯视着它，感觉月亮仿佛在缓缓平行移动，如同河水中的叶子。我眨了眨眼睛，它又回到了原处。

“像是猫头鹰的眼睛。”我说。

“什么？”她就坐在我左边的椅子上，我用余光就可以看到她。她坐在那里，风吹拂着她的头发，有几缕头发不时遮挡住她的眼睛，她不得不用手撩去。她抽着烟，吐出特别的紫色烟雾。烟雾刚一从她口中露头，就被风撕扯得一干二净。

四周静悄悄的，只有呼呼的风声——顶层的风总是很大。我的双脚没有穿袜子，现在已经快被冻僵了。

她捻灭烟头，弯下腰。我听到什么东西发出轻微的“咔啪”一声响。接着，音乐声起，正是我曾在那间灰蒙蒙的小屋中第一次听到的爵士乐。

音符穿过风，倔强地传到我的耳朵里。我们谁也没说话，细心聆听着乐声。我仿佛看到有什么东西在不停地落下，不停地落。

音乐的间隙，一种嗡嗡作响的声音持续不断。

“是贝斯。”我说。

“是的，贝斯。”她笑了笑，摸了摸我的额头。我听到她轻声唱了起来。依旧是我听不懂的语言，或者说，似乎是一种我从未听过的语言。我甚至怀疑这会不会是只属于她与慧慧之间的语言？

慧慧……

音乐声止，她的歌声也停下来。她的手仍放在我的额头上。她的手指很柔软。

“这是重要的一步。”她凑在我的耳边，轻声细语却很坚定地说。

我点点头，尽管被捆在床上，这个动作很别扭。

她抚摸着我的头发，像是在对我表示感谢。然后，她走到我冻僵的脚边，伸手脱掉了我的裤子，接着又脱掉了我的内裤。

我的那个东西暴露在夜色中。尽管我看不见，但我知道它此时是蜷缩的——这当然是由于气温太低的缘故。

她的手里拿着一把锃亮的手术刀。

“忍一忍，一切就都过去了。”她安慰着我。

我浑身不由自主地哆嗦起来。我看到了那只蓝色小兽，它如同一枚流星，从栏杆一跃而下，消失在夜空中。

或许是由于疼痛，或许是因为寒冷，我渐渐神志不清。蝙蝠翻飞。梦境又回来了。成吨的梦境，一齐向我压下来……

瞳

于是他躺着，轻松地躺着，
睡眼蒙眬，你轻盈的身影
蜜一样化入可咀嚼的浅睡——
他觉得自己像一个被保护者……
可是内部：谁在他内部抵挡并阻止
本源的浪潮？啊，睡者无审慎；

睡着，更梦着，更在迷狂中：他何等投入。

——里尔克《杜伊诺哀歌·之三》

一

男孩没有做梦。他是被一声声温柔的呼唤叫醒的。呼唤他名字的是一个男人的声音。最初，这声音显得遥远且不真切。他像是潜伏在水底，听到上面的某种空洞的声响。渐渐地，这种声响变得确凿起来。男孩感觉自己的身体慢慢上浮，他可以看到周围那种波光粼粼的流动的液体状的物质。他不停地上升、上升，头顶不知何时出现了朦胧的光晕。他朝着光晕游去。与其说在游动，不如说有什么东西在拖着自己上升。男孩感到身不由己。

这样的旅程很快就结束了。男孩睁开眼，眼前是一片模糊。不过他并没有太过惊慌，他早已习惯了这种情况。他可以看见一个身影正在面前晃动。想必就是那个呼唤自己名字的人。“看得清楚吗？”那个男人说道，他的声音很温柔。男孩似乎看到有什么东西在眼前摇晃。他集中精力，好像是要把力量全都汇聚在瞳孔上。这确实产生了一些效果。眼前那层模糊的雾气渐渐消散了，男孩终于勉强可以看清周遭的事物。

“手指。”他回答说，“你在晃动手指。”

“真棒。”那个男人鼓励道。不过，他的声音却使男孩感到了一丝不悦。那里面存在着某种虚假的成分。它亲切、悦耳，然而却缺少真情实感。他只是故意表现出来的亲切。这一点，男孩可以敏锐地觉察到。但是他什么也没有说。

“这是几？”男人继续问道。他伸出了三个手指，摆在男孩眼前。

“三。”男孩回答。

男人满意地点了点头，站起身，说道：“情况还没有太糟。”他说话的对象是一个女人。此时，男孩已经能够看清他们脸上的表情了。那个女人正倚在门边，满面忧愁。她并不算老，甚至可以说仍然算得上年轻。但是她的面孔被一层阴影所笼罩。而那个穿着白大褂的男人正在安慰她。

“还不算太糟，”他说，“继续敷我的药，说不定可以抑制病情发展。”

“真是太感谢你了，医生，”女人唉声叹气，擦拭着眼角的泪水，“如果这孩子真的看不见了，我可怎么活下去啊……”

男孩皱了皱眉头。他很是反感她的这种样子。软弱、无助、轻信、毫无主见，从小到大，他早已看够了她的这副模样。有时，她真的令他感到厌恶——这个他必须叫她“妈妈”的女人。他甚至想要大声地说：“有什么可哭的？”然而他终究保持着沉默。

“不用过于担心……”医生抚慰似的握住了女人的手，“病情没有那么糟。”

“拜托您了，您一定要救救这孩子。”

“我会尽力的。”

恶心。男孩再次闭上了眼睛。光线的刺激使他的眼球肿胀、难受。他要休息一会儿。如果允许，他还想堵住耳朵，不去听那对男女的交谈。嗡嗡叫，男孩心里想，就像一群苍蝇。直到郑医生离开了，屋子里才暂时安静下来。

他感觉到母亲坐到了床边。他听到她连着叹了好几次气。他感觉到她的目光正哀愁地注视着自己，不过他并不想睁眼。这时，他感到母亲的手开始抚摸起自己的额头来。

“别碰我！”他猛地睁开眼，用胳膊肘挡开了母亲的手。

他再一次听到了母亲的叹息。

二

最近一段时间，男孩感觉到自己的嗅觉和听觉变得敏锐起来。这使他有些不快，因为这里多少包含了某些不自然的成分。就像是他可以清楚地听到风吹过一只死鸟羽毛的声音，这是他以前从未体会过的。他有一种恐惧——仿佛自己的身体正在被另一个神秘的东西所取代，变得不再属于他自己。他借用这个崭新的躯体，去学习重新接触外界的一切。

空气中弥漫着夏天来临前的味道。

男孩的鼻子翕动着。他似乎预感到这会是一个令人不安的夏天。母亲正在一旁煎药，药材的味道几乎快要盖过夏天的信息。漫天的灰烬。男孩闭上眼睛。药的味道就像是四面的墙壁，将他困在无形的牢狱中。这时，他听到了某种不寻常的声音。

他的耳朵追随、寻找着那个声音。仿佛他的意识可以代替身体行动，替他走出门外，去寻觅声音的源头。只要再小心一点，再专注一些，他就可以找到了……

可是这时，另一个声音将他拉回到这四面墙壁中。“该敷药了。”那个声音说。他闭上眼睛，收回已经飘远的意识，像是收回一只美丽的风筝。他的母亲将烂泥一般的药材晾凉，然后抹到他的眼皮上。药材还散发着热气。眼球在眼皮中并不转动。

春天正在死去。

地里的野生浆果由于无人采摘而腐烂，散发出迷醉的气息；青草竞赛般拔节生长，植物细小的根部在泥土幽暗的深处蠕动；还有那些死去的动物与昆虫的尸体，正一点点被大地吸收，发出好听的，像是汤煮沸时的咕嘟声……男孩以土屋为中心，将感官的触角延伸到各个地方。他躺在床上，眼睛上敷着味道令人作呕的治疗眼疾的药泥，像是一只八爪鱼般获取着属于自己的猎物。他的猎物就是在这将死的春天里的气味与声音。

只有一种气味令他困惑。它在周围若隐若现，像是一头小兽正与他捉迷藏。在这种气味的内部，有种令他不敢触及的东西。他的触角退缩了。

有时，当他一个人在家（他知道母亲去了哪里），他会闭着眼睛，在屋子里来回走动。他从来不会碰到任何东西，总是完美地避开眼前的障碍物。他会来到母亲的卧室，去寻找那将要逝去的气息。所幸，尽管所剩不多，它仍然牢牢地扎根在房间的某些角落里。

那是父亲的气息。

男孩的父亲在几年前外出打工，很快便了无音讯，再也没有回来。母亲曾拜托同去打工的村人帮忙打听丈夫的下落，但没有任何结果。人们都说男孩的父亲已经死了，或许，那意思是说，与死了没有区别。在他还未染眼疾的那些年，他每天都会看到母亲坐在门前的凳子上，看着远方的道路。

她是在期盼父亲回来吗？或者说，她仅仅是想让自己沉浸在这种悲伤的氛围里？男孩并没有真的问过他的母亲。只是在这间土屋里，那个失踪的男人的气息不可避免地变得愈加淡漠，近乎消失。母亲的气息迅速取代了那个男人的位置。

趁着母亲不在家，男孩会找出父亲曾经穿过的衣服（被母亲收在床底下的木箱里）。熟悉的味道迎面而来。尽管年深日久，那上面的味道已变得影影绰绰，并且还被虫子撕咬得不成样子，可是在这一刻，父亲仿佛在味道中复活了。

只要气味还在，男孩想，父亲就仍然存在着。

母亲回来了。那母性的气息一下子笼罩过来。有一天，男孩死活不让母亲进入土屋。“难道你要像那些坏孩子一样，将自己年迈的妈妈赶出家门吗？”母亲不甘地噙着泪水。当然，只有男孩知道不是这么一回事。他只是想要用自己的方法，守护住这里属于父亲的那部分。

三

他先是闻到了那种奇特的味道，然后听到了脚步声。此时，屋子里只有他一个人。母亲去镇上为他抓药去了。屋子空荡荡的，然而，这并非是一个封闭的空间。男孩躺在床上，可以听到风从缝隙中漏进来，昆虫也在角落里不易察觉地爬动。明亮的阳光从窗子照射进来，他伸出手，将手臂伸进那束光芒中。他可以感受到阳光照在皮肤上的温热，还有一种莫名的悸动。他听见手臂上的绒毛正在一根根竖起……

他喜欢一个人待在屋子里，喜欢在寂静中聆听屋内屋外的各种动静。每当这种时候，他都觉得自己变成了一种非常坚固的东西，没有任何被摧毁的可能性。“金刚石”。他曾听父亲讲起过，说这是世界上最坚硬的物质。当然，男孩是没有真正见过金刚石的。但是在某些时候，他会想到自己变成了这种东西，这种只存在于他想象中的东西。

然而，他总是不得不承受来自外界的打扰。比如说，当母亲回到家，一切都变了。他厌恶母亲时刻流露出来的忧伤与脆弱，还有一些神经质。她经常会坐在椅子上动也不动，任凭自己沉浸在对命运无常的感悟中；有时又会在屋子里走来走去，好像停下来就会立刻死去。她会提起那个失踪了的丈夫，对别人说：“这就是我的命。”甚至在她遭受一点点无关的挫折时（比如不当心摔碎了一只碗），也会怪罪到丈夫的头上。

男孩不愿意回忆这些。他对着空气挥了挥手，仿佛在轰一只蚊子。此时，他更关注的是屋外的情况。很明显，有人正在接近这个屋子。这种情况并不少见，人们总是会走来走去的，平时还有一些调皮的孩子也会专程过来看他（“他马上就要瞎了”）。可是这次不同，他莫名地感觉到了一种威胁。

他屏息凝神，冷静地关注着事情的发展。

那个不速之客在屋外停下，半天也没有动静（男孩的耳朵一刻不停地追踪着），然后，他听到了小石子打在窗玻璃上的声音。男孩坐起身，脸冲着声源处。阳光炽烈，即使闭着眼睛，光芒仍然穿透眼皮，刺激着他敏感的瞳孔。

“你是谁？”他问。

“你的眼睛怎么了？”一个女孩的声音。

“我得了病。”他回答。

女孩的身上有一种特殊的味道，这种味道使他莫名恍惚起来。还有她的嗓音，清脆、单薄、短促，好像随时都会因承受不住而突然破音。她就站在窗户外面，观察着他（男孩虽然紧闭着眼睛，但他可以清楚地感觉到）。

“你是谁？”男孩问。

可是她却跑开了。她的动作很快，几乎立刻就消失不见。男孩愣愣地对着窗户。云朵遮蔽了太阳,光线变得昏暗。他得以短暂地睁开眼睛。窗外是一片茂盛的草地,在微风的吹拂下呈现出波浪的形态。流云的影子在草地上缓慢滑行。他没有找到女孩的身影,不过她的味道仍然残留在窗边,还未消散。

不多时,阳光重新照耀大地。男孩闭上眼睛,拉上了窗帘。

四

在一个奇怪的梦里,男孩看见自己的身体在迅速老去。他的四肢开始蜷曲、萎缩,身上布满丑陋的皱纹。牙齿松动,头发变得稀疏,一缕一缕地往下掉。他的整个身躯都在慢慢缩小,似乎将要缩小成一个老迈的婴儿,或干脆缩成一个胚芽。四周都是黑暗,什么也看不到。然而在这样的梦里,他没有丝毫的恐惧,相反,他觉得很平静。他蜷缩在黑暗中,没有什么可以打扰到他。他愉快地体味着自己的感官像夜空中绽放的火花般一点点消失……

自从他的视觉功能开始退化,做梦的次数就越来越少了。以前，他几乎每天晚上都会做梦，各式各样的梦，因此他经常觉得睡眠不够，整日昏昏沉沉的。而现在，他一天中大部分时间都闭着眼睛，可梦境却变得稀有。于是，无所事事的时候，他干脆依靠想象代替梦境，在无边无际的黑暗中做着只有自己知晓的游戏。

在这样的游戏中，医生是一种苍白的、戴着眼镜的蛇，四处游走，样子有些滑稽。他说话总是轻声细语的，浑身散发着难闻的草药味。而母亲是一只麻雀，总是一副担惊受怕的样子，有一丁点儿响动都会敏感地转过头来瞧看。

“不用担心。”医生总是这样对男孩的母亲说，“困难都会过去的。”

他们以为我看不见，男孩心里想，但是我全都看见了。他看见医生的手轻轻地放在母亲的手背上，看见医生满怀柔情与怜悯地看着眼前这个悲伤的女人。他还看见，蛇正在不易察觉地用柔软的身体围住了猎物，越缠越紧。我全都看见了。

他厌恶医生身上的味道。他厌恶这种闯入家中的陌生男子的味道。父亲的味道在这个屋子里已经变得很微弱了，可他们还在合谋，想要扼杀这最后一点点父亲存在的证明。他知道父亲就在世界上的某个地方，只是在他们找不到的地方，就像是小时候跟父亲玩的捉迷藏游戏那样。

母亲又在熬药了。毫无用处，男孩想。他无法理解母亲为什么会相信这种自欺欺人的做法。自从他的视力衰退后，他开始利用味道辨别时间。清晨，空气是冷冽而舒爽的，到了中午空气就有了一丝滞涩的味道，而到了晚上，空气里的味道开始变得幽深，就好像黑夜是一种物质，代替了白天的另一种物质。

现在，时间是早晨。母亲不在家里。男孩鬼使神差地下了床，走出家门。快要下雨了，空气里满是雨水与潮湿的泥土味。天气阴沉，男孩睁开了眼睛。就在这一片朦胧中，他看到了一个摇晃的身影，还有她身上的味道。

“你是谁？”男孩冲那个身影喊道。

但是她却再一次跑开了，消失在了男孩有限的视野中。所幸，他还可以闻到她的气味，听到她的脚步声。他循着那还未消逝的气味向前奔去。

现在的我比狗还要出色了。男孩自嘲地想。

五

风吹动着树叶。这句话不准确，男孩想。他忽然想起了教过自己的小学语文老师，那是一个眼镜有瓶底厚的老头子，他最爱说的一句口头禅就是："你这句话不准确。"语文是男孩最喜欢的课程，他最喜欢每天放学后，给父亲朗诵新学的课文，有时是他自己写的作文（经常被老师拿来做范文）。父亲会放下手里的工作，专心地听着他朗读完，然后摸摸他的头。他喜欢吃完晚饭和父亲去附近的小树林里遛弯。

可是现在一切都变了。父亲下落不明，而他以后可能再也写不了作文了。

风吹动着树叶，这句话不准确。男孩喃喃自语般地小声重复着这句话。应该是，风吹动着每一片树叶。没错，他的耳朵可以听到风吹过每一片树叶的颤动。他慢慢地走进小树林里。他可以感觉到那个女孩就在附近，不是凭声音，也不是凭气味，而仅仅是一种感觉。眼睛退化后，感觉就会灵敏起来，他忘记了以前听谁说过。他的脑子里浮现出黄昏时上下翻飞的蝙蝠。据说蝙蝠从不依靠眼睛。

有人拍打了他的肩膀。

男孩惊得一哆嗦，连忙转过身。她就站在身后。脚步如此之轻，像是一只猫。她的屁股后面会长着猫的尾巴吗？“你是谁？”男孩问，假装很平静。就像是面对那些永远对他好奇的同龄的孩子，他们背地里管他叫“半瞎子”。

女孩没有回答。他感受到了她探寻的目光。风呼呼地吹着，潮湿而凉爽，这是下雨前的征兆。风吹着每一片树叶。她可以不说话，但她的气味暴露了她。男孩很奇怪，他怎么之前没有注意到她身上的这股药材的味道呢？

“你是医生的女儿。”男孩说。

“你怎么知道？”她终于开口了。

“你身上有他的味道。”他说。

这是他们的第一次相见，在这个风雨飘摇的小树林里。她走路总是很快，似乎完全忘记了他的眼疾，但这却使男孩心存感激。她只是把他当成一个再正常不过的人。

“你知道他们俩的事吧？”女孩说。

他当然知道她指的是什么。女孩的母亲很早就离开了医生，跟着一个养蜂人私奔了。她对男孩说，她还记得那个养蜂人之前每年都会来到这里，他很豪爽，因此很受大家欢迎。有一回，他还邀请女孩参观他的蜂房。那里面全都是蜜蜂，女孩回忆说，我从来没见过这么多蜜蜂，这么多蜜蜂聚在一起，几乎都不像蜜蜂了，而像是变成了别的什么东西。

当然，女孩的母亲跟他私奔后，养蜂人就再也没来过。

“你为什么来这里？”男孩说出了心中的疑问。

“我只是来看看。”女孩漫不经心地说，“看看你们究竟是什么人。”

我们究竟是什么人？这个问题把男孩难住了。他意识到自己也无法回答这个问题。远处传来隆隆的雷声。男孩的耳朵里听到了蚁群慌乱的爬行。鸟雀抖动翅膀，从枝头飞走。紧接着，他听见了第一滴雨水落到地面的声音。

六

踏青，男孩讨厌做这种事，他更喜欢独自待在家里构建自己的幻想王国。但是医生坚持要他们出门走走，说这样有助于男孩病情的康复。“你不能总闷在家里，”医生对他说，“你这样下去身体也会垮掉的。”

没错，男孩想，我最终会成为一个废物，躺在家里什么也做不了，只会伸手要吃的。那个时候医生就会对母亲说：“把他扔掉吧，他会成为你的负担。”难道不是这样吗？在他很小的时候，他曾听母亲跟他讲过恐怖故事，其中一个故事就是这样：人们会把不听话的孩子扔进山沟里喂狼。这难道不是一种预兆吗？

“真香啊。”医生蹲下身子，凑上前去闻一朵野花。母亲扶着男孩跟在后面。他们带了吃的东西和果汁，准备在小树林附近野餐。男孩听凭母亲紧紧地攥着他的胳膊，不时提醒他小心脚下的石头。他没有告诉母亲其实这一切对他来说都不是阻碍，他没有说，因为这样会吓到这个总是忧心忡忡的女人。

这天的阳光很好，令男孩有些不适。强烈的光团在他的眼皮下面滚动，他不得不低着头走路。花香是最俗气的，男孩想，你还不如俯下身子，去闻闻泥土里被烤焦的蚂蚁，如果数量够多，它们甚至可以吃掉一头大象。这是他从收音机里听到的。

他不知道医生为什么没有带他的女儿来。他曾听母亲无意中提起，他们父女关系很紧张。当然这跟他没有关系。他决定今天一整天都不说话。当医生问他饿不饿时，他紧闭嘴巴，拒绝回答任何问题。医生身上的那股味道令他避之不及。

没有风，叶片都是静默的。这是一个正在死去的春天，可是人们却把它当成某种蕴含希望的东西，使男孩觉得不可思议。他在一处树荫底下坐下，盘着腿，试图躲进自己的幻想王国去。他不想听医生偷偷对母亲笑，不想听到他们两个人手臂摩擦的声音。

他们以为我什么也不知道。

“那就在这里野餐吧。”医生说，“我来铺桌布。”

吃饭时，医生为了活跃气氛，讲起了自己小时候如何不小心掉落水中，差点被淹死的故事。“到现在我还是旱鸭子，”医生笑着说，“我很怕水。”

母亲愉快地笑了起来。男孩很久没有听过母亲这样高兴的笑了。他的耳边突然响起一阵嗡鸣。这时，医生递给他一杯可乐。男孩不动声色地说：“爸爸说过，喝可乐对身体不好。”尴尬的沉默开始蔓延。他乐于这样的局面。

到了中午，天气闷热起来。他们一行三人沿着小树林慢慢走着。不远处的水坝传来湍急的流水声。空气里有一丝湖水的腥味。“哪天我们去钓鱼好不好？”医生提议道。男孩不加理会，加快了脚步，走到了医生前面。“走慢点，”母亲轻声责备道，“你不怕摔跟头？”

男孩想起自己刚学会走路时，父亲攥着他的小手，在草丛里捉蜻蜓。他的手上似乎还残留着父亲手掌的触觉。他突然站住了。“爸爸说过，”他深吸了一口气，“他不喜欢钓鱼。”

七

春天正在死去，像是一件被遗弃的旧衣裳，夏天那新生而蓬勃旺盛的躯体正慢慢地伸进去，一点点占据这件破旧的外衣。男孩和女孩坐在树荫下，听着小飞虫振动鞘翅的声响。它们是如此细小，简直就像是弥散在空气里的灰尘。野草向着蓝天疯长，油绿的顶端变得柔软而尖锐。男孩闭着眼睛，享受着清早寂静的气息。

女孩就靠在他的身旁。她是一个不爱说话的女孩，而且说出来的话总是莫名其妙的。她每次都会趁着只有男孩一个人在家的时候来找他。他们一起来到小树林里，漫无目的地游荡，似乎苦于自己漫长到没有边际的童年时光。有时他们一句话都不说，就这么静静地坐着，好像在一同等待什么事情的发生。

他喜欢她身上的味道。

这是一种令他无法形容的味道。因此，他喜欢待在她的身旁。如同某种柔软、整洁的动物的皮毛散发出来的味道。在他的记忆中，他对这个味道并不陌生，可是他回忆不起来了。记忆如同一道罅隙里快速晃动的事物，让他无法准确地捕捉到。

在一些难走的地方，女孩会伸出手，握住他的手，领着他往前走。女孩的手又凉又硬，掌心总是汗津津的。她带着他迈过早已腐朽的断木，带着他踏着露出水面的石头蹚过河。有时，她会突然站住，仿佛在倾听着什么。

“蜜蜂。”她说。他当然也听到了。当声音渐渐没入他们再也探知不到的树林深处，她就会继续往前走去。休息时，女孩会说起她的梦。

那是一个她经常会做的梦。最初，她置身于一个乱哄哄的空间里。她不知道自己究竟在哪里，只能听见四周的黑暗里那种好似在使劲压抑着的、持续不断的嗡鸣。黑暗中蕴藏着巨大的能量。她站在原地，没有目的地等待着，等待着事物自己显现。她看见了无数的蜂箱，那声音正是从里面传来的。

“梦里我看不见那个男人的脸。”她说。

那个男人就站在蜂箱之间，一动不动。但是她却莫名地感受到了一种邀请，就好像男人站在这里，就是为了来迎接她。于是她朝最近的蜂箱走去。嗡鸣的声响更大了，冲击着她的耳膜，仿佛声音是从她的耳朵里发出的。她透过网眼，看到里面密密麻麻蠕动着的、看不出颜色的蜜蜂。它们争先恐后地想要往外爬。

“然后我就醒了。”女孩总是会用这句话结束。她并不是一个讲故事的行家。

男孩总是安静地听着，即使在他们时间不长的交往中，这个梦她已经说了很多回，他还是愿意听。语言在她的叙述中超脱出了语言，而变成了另外一种东西。正如同她的气味也变成了另一种东西。

“跟我说说你的父亲吧。”有一次，女孩说。

他能说些什么呢？他惊讶地发现，自己对父亲的记忆竟如此匮乏。他只能记住一些清晰的感觉，比如多年以前父亲教他走的某一天，当他站立不稳向前扑倒时，父亲的手及时地抱住了他。他趴在父亲的肩头上，用手抚摸父亲下巴上坚硬的胡楂……

他沉浸在这些某时某地的感触中无法自拔。但是，父亲的面容却在他的心中一点点模糊起来。怎么会这样？是的，父亲已经很多年没有回过家了。但这可以是理由吗？难道自己的视觉在退化，就连脑子里的形象也会跟着消逝吗？他无法解答这个问题，他只是有些悲哀地想，如果自己忘记了父亲，那么父亲就真的将彻底消失了。

八

医生掀开男孩的眼皮，用一支小手电照了几下。然后，他收起手电，对男孩的母亲说:“病情没有恶化。”说这话时，男孩正深陷在自己的幻想王国。他似乎看见了死去的爷爷。那个被病痛和老年性痴呆折磨得像是一只瘦猴一样的小老头，浑身散发着一股干稻草的味道，像是滞涩许久的空气。后来他才知道，那是死亡的味道。那段时间，屋子里弥漫的都是这种衰老的气味。每天中午，这个老人都会在吃完饭后安静地听一会儿收音机。有一天，他神秘兮兮地对正在写作业的男孩说 :“我听见了。”

“听见什么？”男孩不解地问。

“我听见了让我死的声音。”老人露出了一丝笑意，他指了指那台收音机，继续说，“它在对我播放哩。”

男孩根本听不懂老人究竟在说什么。确实，在那些最后的日子里，老人总是会神志不清地说胡话。收音机里的死亡广播？未免有点太邪乎了。不过，自从爷爷去世后，他也养成了听收音机的习惯——还是爷爷留下的那台收音机，质量很好，一点杂音也没有。

啪。

医生关掉了收音机。他坐在男孩身旁，握住了男孩的手。

“你一定会好起来的。”他在男孩耳边说道，“你的心理负担不要太重……”

他以为我会很在乎这件事似的。男孩听得直想笑。他抽回自己的手，像是反问那样地对医生说：“这么说，我可以看见一切了？”

“当然。”医生说，“跟以前一样。”

跟以前一样。男孩在心里重复着这句话。医生身上的药草味使他几乎快要喘不过气来。他想要尖叫，大声地叫喊。反正所有人都觉得他的精神已经不正常了。是啊，一个快要瞎掉的人，他表现得不正常才是最正常的事。他听到过许多次，母亲跟来串门或者路过的人说，“这孩子有点不正常……”她以为我听不到，但我全听见了。男孩想，还有很多很多，比我眼睛正常时知道得还要多。

医生站起身，可那股味道许久才会消散。

之后，他们做起了大扫除。这是扫除的日子。母亲早早地开始洗衣服，他们像一家人一样相互配合。拖地，擦窗子，晾衣服。每隔半个月，医生都会过来帮忙。男孩听到他们的窃窃私语和低声浅笑。当他们来到卧室时，他堵在门口，不让他们进去。

“这里太脏了。”母亲说，“应该打扫打扫了。”

“但这些是爸爸的东西。”

“我知道，我们不会乱扔的。”

我们？男孩的嘴角不易察觉地抽动了几下。

“你其实不希望爸爸回来，是吧？”

愤怒，没错，男孩很快就闻到了愤怒的味道。情绪也是有味道的。愉悦、兴奋、悲伤、痛苦……这些情绪的气味都不一样。而现在，男孩闻到了愤怒，正从母亲的身上弥漫开来。

“你以为你得病了我就不敢揍你？”

“算了，算了。”医生打着圆场，“孩子是无心的……”

“他是无心的？”男孩听到母亲发出的一声冷笑，“他总是故意伤我的心。”

九

在树林中，男孩感到闷热难耐。他的身上穿着一件褪色的棕色皮夹克。夏天已经来临了，整个树林都蠢蠢欲动。

数不清的杂音回旋在他的耳畔，让他有些害怕。汗水湿透了他的头发，但是他并没有脱下这件厚夹克的打算。他走进树林深处。那种神秘的气息吸引着他。男孩知道她就在这里。

随着视觉的退化，他的听力似乎经历了一次相同速度的进化。他可以听到许许多多的声音聚集在自己耳边，就像是在争先恐后地想要进入他的耳膜。有时他不得不用手指塞住耳朵，抵挡声音的侵袭，因为这些声音使他恶心，想要呕吐。

并且，他又多了晕眩的毛病。他会忽然觉得天旋地转。似乎某种微妙的平衡被打破了，世界开始变得扭曲，很多事物开始分崩离析。这个夏天，男孩清晰地感受到了自己身体上的变化。他摸着下巴上长出来的胡须，他的内裤上开始出现白色液体。母亲在洗衣服的时候露出了从未有过的笑容（她并未笑出声，他是如何得知的呢？可是男孩确定自己看见了,或者准确地说,是“感知”到了。母亲在笑）。

她对男孩说：“你也要变成一个男人了。”

变。男孩无比恐惧这个字。他不期待变化，如果可以的话，他更想得到能够让时间停止的法术。在他构建的幻想王国中，时间永远是凝固的，所有的东西各归其位，就像是在一枚精致的琥珀里。他想要完全地走进这个世界。

此时，他站在炎热的树林中，感受着枝丫间透下的灼热的阳光。他气喘吁吁，大汗淋漓。不过，这件皮夹克使他重新保存了力量。这是父亲曾穿过的皮夹克，套在他的身上显得有些大，他必须将袖子费劲地挽起来。皮夹克密不透风，热得他几乎快要晕倒了。

“这都什么天气了，你怎么穿这个？”他听到了她的声音。

男孩没有回答。这是父亲的皮夹克，他想要穿着它，就这么简单。

他们在树荫里坐下。树林一刻不停地在喧哗、躁动，似乎随时都会将他俩一口吞没。男孩裹在父亲的皮夹克里，一句话也不说。皮夹克上父亲的气息使他安心。

“你知道树神吗？”女孩忽然问道。

“树神？”男孩怔怔地说。他从未听说过什么“树神”。

她兴奋起来，抓住他的手。“我带你去看。”她说。这时，他又闻到了女孩身上那股好闻的气味。她握住他的手，慢慢地将他引领到某个地方。有一种说不清道不明的东西从女孩的手中传到他的体内，使他微微颤了一下。这一刻，他努力地想要睁开眼睛，看看眼前的女孩。可是光芒太强烈了，眼球针刺般地痛楚。泪水不自觉地流了出来。

他们在树林中穿行，走了很久。这期间女孩基本上一言不发，只有一次，她扭过头来笑着对他说："你可真行，闭着眼睛也能走得这么稳。"

"除了眼睛，我还可以用鼻子和耳朵。"男孩说。

他们继续往前走。他走得又稳又快，可女孩始终没有放开他的手。

十

午后时分，他们见到了"树神"。此时，太阳已经开始落山，林中的空气变得稀薄而敏感。光线渐弱，树木开始生长出属于自己的阴影。远处，云层晦暗，像是一头将要隐没在海洋深处的巨鲸。男孩的耳边响起沙沙的声响，那是风在触动树叶。

他睁开了眼睛。

在他们面前的，是一棵巨大的树。男孩此前从未见过如此粗壮、庞大、威严的树木。那简直不是树干，而是一面墙，上面布满了如筋骨般凹凸不平的脉络，仿佛有数不清的藤蔓纠缠、巩固在一起，结成了一个类似于树，但完全不同于树的另一种事物。他们站在这棵古树之下，笼罩在它如积雨云般密布的宽大的树冠下面。

“这就是‘树神’。”女孩对他说。

据说这是一棵已经活了数千年的苍天古树，就在树林的最深处。它的根脉延绵数十里，就像是一个巨型母体，其他的植物不过都是从它体内变异而生。那么人呢？男孩想，我们是否也是从它的体内诞生出来的？

它在呼吸。男孩可以感觉到，那苍老的、深沉的呼吸声，来自它的内部，有一颗巨大的心脏，正在跳动。或者说，那并不是真正意义上的心脏，却比心脏的意义更加深刻，因为那是“生命之核”。是看不见然而实存着的生命在呼吸，在生长，甚至，在入侵。

这真像是一场梦。

男孩全身的骨骼都在嘎嘎作响。他走上前去，用手轻轻地触摸“树神”的皮肤。当他的手接触到树身的那一刻，他感觉到自己迅速地老去了。记忆与幻觉掺杂在一起，急速地在他的身体中流动，像是烧开的水。他的耳中响起了一种类似于吟唱的嗡鸣。太阳完全落山了，黑暗充盈树林。飞鸟拍打着翅膀，朝着月光低吟。

“它已经活了数千年。”女孩说。黑暗中，她的身体闪烁着微光。男孩转过身，凝视着她。他的眼睛是如此明亮，可以看清一切事物。

她走过来，走到他的面前。她伸出手，抚摸着他的脸颊。“你的眼睛真好看。”她喃喃地说，接着，她的嘴唇覆盖了他的左眼，然后是右眼。男孩想起父亲曾给他讲过的一个神话故事，里面有一种喜欢口含玉珠的鸟。她使他联想起了那种传说中的上古的鸟类。

他清楚地看到了她美丽的锁骨，还有雪白的脖颈。他们的身体紧紧地贴合在一起。头顶的树冠应和似的剧烈地震颤起来，发出隐秘的波涛之声。月光如同神秘的潮汐，从天空流淌下来。不多时，一群夜鸟从树冠中飞出，直冲夜空。树冠安静下来了。

“你在想什么？”她问。

“你的气味很好闻。”他回答说。

她笑出了声。这是一种不同寻常的笑，使男孩莫名感到心惊胆战。多年以后，当他回忆起这个夜晚，他才意识到，那是一种女人的笑，而不是孩子的笑。

十一

从树林回来，男孩连续做了三天梦。

这三天中，他昏昏沉沉，精疲力尽，就好像是在发着高烧。然而，他的额头却是冰凉的。他躺在床上，不想吃也不想喝。零零散散的梦境，不间断地冲击着他。如此密集地做梦，这在男孩的经验中是从未有过的，因此他心中充满了恐惧，又隐隐有些莫名的愉悦。他在梦境中遨游，忍受着疲惫与困惑。

第一天，他梦见自己置身于一处荒野。四周全是形状古怪的石头，还有光秃秃的树木。天空永远是阴沉的，刮着风，扬起沙石。他走着，毫无目的。不知走了多久，他看到了一间屋子，在旷野中兀自矗立着。他走上前，用手遮挡阳光，往屋子里面看。他看到屋子里面的床上躺着一个男孩，跟自己的样子一模一样。

然后，场景转到了室内。他从床上起来，就像是现实中一样，来到窗边。他往外望去，看到窗外有一匹黑色的马，正在荒野中奔驰。而那匹马是没有头颅的。他转过身，想要将那匹无头黑马指给父亲看。而他的父亲沉浸在黑暗中，手里拿着一本故事书。似乎故事正讲到一半。男孩朝父亲走去。阴影中他看不清父亲的脸。父亲合上了书。

“您正在消失，不是吗？”他问父亲。

阴影中的父亲不耐烦地挥了挥手。

“请让我看看您的脸！”他大声喊道，忽然感到了难以抑制的悲伤，“我已经快把您忘记了！”

可是父亲依然沉默不语。他的脸深陷在黑暗里。此时，男孩再次望向窗外。只见一股黑烟正从马的脖颈处源源不断地冒出来。

第二天，他梦到了女孩。他们又回到了那一天，在树林中。光线依然是晦暗不明的。但是即使在梦中他也可以闻到那股独特的气味。与其说是梦境，不如说是回忆……他正在问女孩："你要做什么？"

"我要离开这里。"女孩回答。她微笑着，"这里是一潭死水。"

耳中是焦躁不安的嗡嗡声。蜂群正埋伏在四周，随时会一拥而上。而现在，已经有几只蜜蜂飞到了他们的脸上或胳膊上，有的还钻进了他的头发里。他们一动也不敢动，像是雕像那样站着，任凭蜜蜂在他们身体上爬上爬下。

"需要我做什么？"他问。

"我需要那把钥匙。"她说，"他随时带在身上。那是他钱柜的钥匙。"

"你为什么不自己去拿？"

女孩发出了轻蔑的笑声。"他防我像是防贼，"她说，"但他不会去提防你。"

他们身上的蜂越聚越多。它们涌动着，几乎没有重量，却使周围弥漫着异常焦虑的气息，仿佛是一种什么东西正在燃烧的味道。

第三天，他似乎已经习惯了梦境，因此在梦中显得很平静。不过，当他醒来后，却意识到自己忘记了这个梦。他的后背凉凉的，睡衣紧紧地贴在他湿润的背脊上。

十二

男孩忘记了那个梦，但恐惧仍旧攫住了他。夜晚，他醒来，走出屋子。月光蓝莹莹的，草丛中不知何时开满了蓝色的小花。这是一种不知名的蓝色花朵，诡异的香气从花蕊中散发出来。男孩走在花丛中，感到身体在这气息中微微悬浮起来。起先，他慢慢走着，然后越走越快，到最后，他奔跑在花丛里，觉得身子无比轻盈。他使劲向上一跃，又缓缓落回地面。在这个过程中，似乎有什么在托举着他，如同大地失去了引力。他回过头，看见那些石头也离开了地面，空荡荡地浮在半空中，像是一枚叶子浮在水里。

这也是一个梦吗？男孩无法确定。他用力掐了几下胳膊。蓝色的花朵依然在随风摆动，而他与母亲相依为命的屋子却一下子变得很遥远。他吃力地向屋子跋涉着。由于每一步都像是踩在虚空里，他不得不费了比平时更多的力气，稍不留心，他就会整个浮起来，像是一只氢气球，在空中打一个趔趄。为了稳住身体，他抱住附近的一块石头，朝家的方向艰难迈进。终于，他摸到了门口。他打开门，一股奇异的味道迎面而来。屋子里没有开灯，黑黝黝的。他听到卧室里有动静。他走向卧室。与此同时，那股奇异的味道愈加浓郁，刺激得他想吐。客厅桌子上的被子、碗碟也脱离了桌面，在空中摇摇晃晃。他不停地接近那扇门，那扇弥散着恐惧气息的卧室的门，然而他发现自己虽然在挪动，却好似永远也抵达不了。这时他想起父亲给他讲过的一个故事。

关于一支箭。

它永远在接近靶心，但是空间阻碍了它，或者说欺骗了它，使它永远被分解成一个个单独的动作。它到达空间里的某个点，然后再赶往下一个，在这看似无限接近的过程里，却无论如何也到不了靶心了。男孩觉得此刻自己就陷入了这样的窘境，他怎么也到不了卧室的门。门虚掩着，气味像是雾气一样从门缝里泄漏出来。

他听到了声音。男人和女人呻吟的声音，是他们的身体，骨与肉，液体与液体碰撞的声音。那奇异的味道正是将两者混合在了一起。他听到了屋中的呢喃。

“小声点，”女人轻声说，“那孩子的耳朵可灵了……”

“我感觉他好像已经知道了……”男人闷声闷气地说。

“你说什么？”

“咱们还是告诉他吧……”

屋子里的黑暗愈发浓重了。在看不透的黑暗内部，男孩听见了潜伏在阴暗角落里的骚动。那骚动喧嚣又隐忍，似乎在等待一个确凿的时机，便可一拥而入。那是带刺的黑暗，是拥有复眼的黑暗。他终于来到了门前，透过门缝，他看见了两具发亮的躯体……

父亲，男孩想，你到底在哪里？你知道这里有我不愿看见的东西吗？他紧闭双眼，想象着父亲从黑暗中走来。他必然有一双能够洞察一切的眼睛。

十三

有鸟在叫。不知为何，这叫声令他心惊。他盘腿坐在床上，紧闭双眼，尽力使自己沉入内心世界。自从从树林回来后，他觉得有什么东西改变了，和以前不一样了。某种崭新而危险的事物进入了他的内心。这是从前没有过的。它究竟是什么呢？男孩也很困惑。因此他只是静静地坐着，听凭意念在脑子里流过。有些时候，他意识到自己很思念那个女孩，与他一起穿梭在树林中的女孩。他很想见到她，跟她待在一起，很想闻一闻她身上的味道，听一听她的声音。这个想法是如此迫切，以至于他再也无法像往常那样轻而易举就进入那幻想的王国了。王国的大门拒绝为他打开。

这究竟是怎么一回事？

他听到母亲正在扫地，从屋子的一边扫到另一边。昨晚那股令他作呕的味道依然丝丝缕缕地飘荡在屋子里，但显然母亲并未注意到。她似乎心情不错，还哼起了不知从哪里听来的小调。鸟还在不停地叫，当它离开枝头，叫声依旧留在那儿。

医生又来了。他装作什么也没有发生过那样，跟母亲礼貌地打招呼，问她吃得可好，睡得可香。然后，他来到床边，例行公事地查看男孩的瞳孔。接下来就是煎药，据说可以治疗他眼睛的药物。“这是祖上传下来的方子。”医生曾这么说过。他总是会磨磨蹭蹭一直待到正午，跟男孩和男孩的母亲一起吃午饭。

叫声依然留在光秃秃的树枝上。

吃饭时医生喝了点酒，晕乎乎地站起身准备离开。“您休息一会儿再走吧。”一贯沉默的男孩突然开口说道。他的话令医生非常惊讶，因为一直以来男孩都对他很是冷漠，可这一次却主动让他留下。尽管带着些许不解，医生还是很高兴。他躺在男孩的床上，很快便沉沉睡去。

这是一个寂静的午后，枝头上的鸟鸣也停止了。母亲在厨房里洗碗。男孩站在床前,脸上带着笑意。在他的手中，一把黄铜钥匙在阳光中闪闪发亮。同时，他从医生的身上闻到了那股干稻草般的味道，那是他从死去的爷爷身上曾闻过的味道。

十四

几乎是在转瞬之间，气温就热得像是火烤一样。看不见的大火灼烧着这里的每一个人，每一棵树。人们从家门里走出来，一下子就被夏季之火烧得面目全非，不得不关上门，徒劳地抵挡着烈日的侵犯。春天的尸体已经被贪婪的秃鹫啄食得尸骨无存。天空与地面，上下都很安静。艳阳凝固在空中，翻滚着令人绝望的岩浆。男孩来到约定好的树林。一路上，强烈的光芒不停地攻击着他脆弱的眼睑，他的眼球浮动着一圈圈光团，令他痛苦不堪。炎热的空气和快要熔化般的眼球，使男孩产生了某种幻觉。他觉得自己正慢慢地失去了手脚，腰越弯越低，直到脊骨彻底消失。男孩用腹部赶路，在草丛中穿行。

严酷的夏天使他丧失了方向感。他的耳边持续不断地响着响尾蛇般的夏日嘶鸣，而他闻到的都是焦土的味道。他完全迷失在了这恐怖的正午时分。他不知道自己置身何处，也不知自己置身何时，他甚至不知道自己是否还存在。直到他感觉到有人握住了自己的手，他便恢复了手脚。那个人领着他，于是他便恢复了方向。他闻到了一股奇异的味道，然后便恢复了嗅觉。他跟着那个人，往前走去。

他们来到了树林。他们继续往树林深处挺进。阳光终于渐渐暗淡了。男孩试着睁开了眼，看到她正站在“树神”那遮天蔽日的树冠之下。

这一瞬间，他忽然记起了那个被他遗忘的梦。所有的都回忆起来了。那个梦变成了恐惧，钻进他的骨头里，使他轻轻地颤抖起来。

“你怎么了？”她问。

“没什么，”男孩尽力稳住自己的心，“只是太热了……”

“得手了吗？”她又问。

男孩点了点头，拿出那把已经热得发烫的钥匙。她接过去，脸上露出一丝疑惑的笑容。他们都没有说话，只有蝉鸣填补了空气中的缝隙。

他恢复了嗅觉的鼻子闻到了一股潮湿的味道。

“要下雨了。”他说。

“得到钥匙，我就要离开这里了。”女孩低声说。

男孩没有回答。

“你要不要跟我一起走？”

蝉拼命地嘶喊着，像是要喊出血来。她的身体左右晃了晃，然后站定，凝视着他。过了一会儿，她走到他面前。她将双手轻轻地放在他的双肩上。

“离开这里，”她说，“我们一定也能活下去。”她停了一下，又补充道：“而且你也可以去找你的父亲……”

他们的身体离得如此之近。他可以闻到她身上混合着汗水的味道，听到她薄薄的胸脯里面那颗剧烈跳动的心脏。上下都很安静。男孩有些晕眩，他想起了她身上的味道为何从一开始就如此熟悉。他想起了自己还在婴儿的时候，母亲抱着他一起洗澡。他想起母亲将他抱在怀里时，他从母亲身上闻到的，就是这种味道。但是他后来忘记了这个味道。现在，他全都想起来了。

“我要留下来。”他缓缓地说。

积雨的云层正在远方迅速聚集。女孩已经离开了。他独自站在“树神”的树干前。他伸出手，反复抚摸着粗糙的树皮。在这过程中仿佛时间在快速流动，在延绵了上千年的树脉中流动。

十五

暴雨一直在下，没有尽头。昏暗的天空使人们分不清白天还是夜晚，也分不清走在雨中的是动物还是人类。雨中，一切都像是褪色的油漆，模模糊糊，看不分明。这暴雨似乎取消了人与兽的区别，当他们一同走在倾盆雨水中时，都只是一些晃动的活物。

男孩坐在窗前，听到许多活物来来往往的声音。母亲坐在门前，凝视着外面无边无际的雨。就在刚刚，一个面目模糊的活物闯进了家门。活物满身是水，湿湿答答，就像是刚从大洋底部钻上地面来的。活物来到门口时先是愣了一下，然后发出了沉闷的叫声。母亲为这个不速之客开了门。活物一头闯进屋子里，带着雨水的腥气，喘着气。母亲什么也没有说，好似有预感似的，双手交叉，自然下垂，等待着。那活物终于慢慢地恢复成人的模样。是村子里面与男孩的母亲关系较好的妇人。

“医生死了！”她带来了这样的消息。

此时，男孩正沉浸在自己的内心世界里。他发现自己越来越分不清梦境与现实的区别。在那个曾被遗忘后来又被记起的梦里，男孩来到了树林中，面对着“树神”。梦里没有一点声响，就好像被消了音。他站在树前，与“树神”对峙着。接下来，是壮丽而震撼的一幕：树皮上忽然睁开了无数只眼睛，密密麻麻，像是一群依附在树干上的白色蝴蝶。它们的眼珠先是上下左右没有规律地挪动，然后，在某个瞬间如同接到了指令般一齐停下。它们全都定定地注视着男孩。

“你在想什么，我的孩子？”他听到从树干中传来的声音。是记忆中父亲的声音。

“我不知道，我不知道……”男孩面对着众目之树，有些语无伦次。他想说的是，爸爸，你在哪里？什么时候回来？但他的嗓子像是被封住了，什么也说不出来。

“你想要医生死？”过了片刻，父亲的声音问道。

“他想要占据你，取代你……”

“回答我，你想让他死？”

“我为什么要让他死？”男孩被问得心惊胆战，“我不知道……”

“告诉我，难道你一次都没有在心里想过，想要杀死他吗？”

男孩觉得异常痛苦，那些眼睛，那些瞳孔，像是要将他的身体穿透。

“我想过，”男孩承认道，“我想过让他死，但是我没有真的想杀了他……”

“这是一样的。”父亲的声音威严地说道，“你想让他死，便是杀了他。”

这时，男孩看到树干变得渐渐透明。他可以看见树脉中埋藏的累累白骨。数不清的白骨，它们早已被吮食得如同枯木。

男孩回过神来。母亲正怔怔地望着门外。雨还在不停地下，丝毫没有停歇的意思。“这就是命……”母亲口中嘀咕着。

“是我杀的他。”男孩说。

“什么？”母亲扭过头，看着自己的儿子，“你在胡说什么？医生是不小心失足落水的。”这是她从妇人的口中听说的：早上，有人在水库发现了一具浮尸。警察经过鉴定，证明医生是在酒后不慎落水。

“可是他明明很怕水，怎么会去水库那里……”听到这个消息，母亲并没有表现太过激动，只是结结巴巴地像是在解释一件错事。

“谁知道呢，”妇人说，“听说他的女儿离家出走了，还偷走了他所有的积蓄。他一整天都在外面找，天又下着大雨……这就是命。”

“是我杀的他。”男孩想，“是我杀了他。”

暴雨、闪电，狂风大作。倏忽间，天地暗了下去，就像是谁关掉了电源开关，黑暗吞没了一切，万事万物都沉陷在伸手不见五指的暗夜中。“妈妈！”男孩向前摸索着，但是没有人回答他。这一刻他忽然觉得，父亲或许再也不会回来了。

迷鹿

我现在必须回家去了。

我想我确实应该回家去了。现在我走在清晨一条清冷的街道上，感觉又冷又饿。那感觉像是什么呢？就像是我变成了一张纸，漂浮在一盆冷水上面。饥饿感像是冷水一样慢慢将我的全身浸透。没错，每当在我饿的时候，我的想象力就特别发达。而吃饱了以后呢，我就觉得脑袋特别木，特别沉，就总是想睡觉。

在这条街上，有很多卖小吃的。比如油条、馄饨、炒肝什么的。都是新鲜出锅，等待着早晨倾巢而出的人们。不过现在大街上空空荡荡，只有几个刚刚从网吧出来的学生。

我走过包子铺，脚就走不动了。可我知道自己的半斤八两，我知道我的兜里只剩下几枚几毛钱的硬币了，能买个毛啊？连一个包子都买不起。我看着那一个个香喷喷的肉包子，仿佛用眼神就可以把它们吞下去。卖包子的男人看到了我，笑眯眯地说："小朋友，想买几个包子吗？"

其实我内心是想偷一个的。尽管以前我从没有偷过东西。但现在这种情况显然不大可能实现。一是人太少，不太容易跑掉。二是我现在又累又饿早就跑不动啦。

我把眼睛从包子上挪开，盯着那个卖包子的男人油乎乎的围裙。我摇了摇头，说："不用了。"最后还没忘加一句"谢谢！"真是操蛋。

他没有说什么，继续为他的包子而忙碌着。他的手上沾满了面粉，足以令所有饥饿的人们羡慕。

我只好继续走。我的脚藏在鞋子里，但可以感觉到左脚的袜子破了一个洞，走上去很难受。我妈对我的袜子总是深恶痛绝。当然，这也是我的不对，我总是把袜子随手乱丢。于是我妈在什么地方都能找到我的袜子，客厅的地板上、卧室的床底下或沙发的缝隙里。她完全陷入了袜子的噩梦中。她总是像训斥一只袜子那样地训斥我，仿佛我把她的世界里塞满了臭袜子。

而现在，跟随我的只有这一双袜子了，还被我的脚指甲捅破了。

这几天我走了很多的路，双脚又酸又胀，它迫不及待地想要回家去，躺在我家那又大又舒适的沙发上。那只沙发是很多年前买的，那时我过马路还要拉住爸妈的手。那天我记得特别清楚，我和爸妈一起去为新家买沙发。我爱在台阶上跑上跑下。我爸看着台阶上的我，说："以后你能长这么高就好了。"我回头看见我妈正对着我笑。她笑起来是世界上最美的女人。那天我们三个走在买新沙发的路上，阳光照耀着我们，仿佛生活充满了希望。

而现在那只沙发已经又老又破，看上去像头刚刚死去的老骆驼。我妈每次费力打扫它的时候都会忍不住地抱怨。抱怨我爸的工资连一只新沙发也买不起。而我爸总是不发一言，站在厨房里，打开风扇，为自己点燃一根烟。谁也看不出他的心思。

但是此刻，沙发是我全部的动力，我实在累得走不动了。我都忘了自己是怎么来到这里的，但印象中这里与我家离得并不是太远。我知道自己一定走了许多冤枉路，当我看到一栋米色的房子时，我终于松了一口气。我记起来车站就在它的正对面。坐上车我就可以直接回家了。

车站上有三三两两的人，站在这里，谁也没有注意到我。我加入到了等车的行列中。这时如针尖一般的阳光照在我脸上，又痒又辣。但是却怪舒服的。我突然感觉到一种强烈的幸福感，我想象着舒适而熟悉的家，还有爸妈亲切的笑容。没错，他们在我的脑海中一直对着我笑。

我也忍不住想笑。这时我看到我身边一个看报纸的人收起报纸，把手伸进裤兜里掏了掏，拿出了一个什么东西攥在手心里，然后继续看起报纸。我看清，那是一块钱。

我感到车站摇晃了一下。是的，我忘记自己没钱了，连一块钱的车票也买不起。当我想到我只能走着回家，我恨不得拿头撞墙。

正当我不知该怎么办时，一个老头从我身边走过。他穿得太破了，脸比我还要脏。他拖着双脚走到广告牌下，艰难地坐了下去。从远看活像是一堆枯柴。

在来的时候我见过他。他是一个到处可见的乞丐。他拿出一个剩有半瓶水的矿泉水瓶，往自己的嗓子里灌。

我搓了搓手，走到他面前，遮住了一大片阳光。他抬起头疑惑地看着我。

“呃……”我蹲下去，一时不知该如何开口。“你能借我点钱吗？”

他更加疑惑了，并下意识地握紧了他的口袋。

“不用太多，一块钱就行，我坐车没钱了。”我怕他误会，“下次来的时候，我还你五块！”

他好像是懂了，竟羞涩地咧嘴笑了笑。然后从口袋里拿出了一枚一块钱的硬币。我感激地接了过去。那一元硬币在我手掌里闪闪发光。

我一边跑上车一边对他喊：“下次，我还你五块啊！”

车上的人转过头来看着我。

我把硬币扔进自动投款机里时，听到了一声清脆的金属碰撞声。

快到家的时候，我发现我脑海中父母的笑容越来越模糊。我开始为我回家后的命运担忧起来。我站在车厢里，握着扶手的手掌已经微微冒汗。

下了车，我有些不知所措。我住的那栋红砖楼已经隐隐可以看到。只要我一直朝它走，不用多长时间，就可以一直走到家里去。但我不知道等待我的是什么。可我又能去哪里呢？没钱了，我的肚子却还饿着，脚也快磨出血泡了。

我慢慢地朝那栋楼走去。不知从什么时候开始，我偏离了那个轨道，走到了一片废弃的工地上。

这片工地从我很小的时候就没人搭理了，除了一堆堆沙子就是一排排很粗大的水泥管子。那水泥管子足可以钻进去一个像我这么大的孩子的身躯。于是这里就成了我们的最爱。每天下午我们就聚在这里，玩沙土，或钻进那些水泥管子里捉迷藏。我们怎么玩也玩不够，常常要让爸妈来叫好几遍才肯去吃晚饭或睡觉。

可现在我没有心情玩。我走进去，看着微风吹起沙砾，那些沙砾飘荡在空气中，让我打了一个大喷嚏。在这些沙砾中，我看到了一个熟悉的身影。那个身影矮小粗壮，在这片工地上如幽灵一般游荡。那个身影的名字叫阿京。

他是我一直以来忠实的玩伴。很小的时候我们一起在泥里摸爬滚打，稍微大了一点后就一起钻水泥管子，我们把那当成我们自己的战壕。记得有一天晚上，阿京跟父母吵架离家出走，我和他一起在管子里待了一整夜。那晚月色很好，我看了很长时间的月亮才钻进管子里睡觉。而阿京则早早地睡了，手里攥着他心爱的切·格瓦拉的画片。

后来我们干脆就把这里称为“战壕”。

我与阿京一起爬进了“战壕”里。这几年我们的个头都在猛蹿，一个赛着一个地长高。在“战壕”里已经有点伸展不开了。稍微一动就有可能把头撞出一个大包来。但我们还是能轻巧地把自己塞进去，这是多年练就的技术。我们曾悲哀地想到，或许再过几年，这里就不再属于我们，而成了更小的孩子们的天下。

但起码在现在,“战壕”还是我们的,阵地还是我们的。我在管子里看着阿京,阿京正艰难地舒展着他的腰肢。我可以看见在他的嘴边长出了细细的绒毛。

“你来这里干什么?”我打破了沉默,同时露出了一种戏谑的笑容。这种笑容总能够让我在对话中取得优势地位。

果然,阿京没用眼睛看我,而是看着我的左下方。那里有一团不知谁扔的废纸。他舔舔嘴唇,说:“我一直在等你啊,我知道你肯定会来这里的。”

一时间我有些感动。在这个“战壕”里,我收获了同志般的友谊。那时我还不知道,它竟然可以让我终生难忘。后来我参加阿京的追悼会,满脑子里想的都是那天我们在水泥管子里的场景。

我拍了拍他壮实的肩膀,说:“好兄弟!”

他明显放松了下来。

“跟你说件事儿。”他突然开口说。

“什么事?”

他顿了顿,从兜里拿出切·格瓦拉的画片,用手摸了摸,又放了回去。这是他的一个习惯动作。“我做了一个梦。

一个很奇怪的梦。”他说完，盯着我想看看我的反应。

“什么梦？”我问。我不知道该有什么反应。

他显得有些不安，双手不知该放在哪里。

“听我说，这个梦是一个很真实的梦，否则我也不会被它吓着了。”他顿了一下，“其实也不是吓着，只是它在我的脑子里像扎了根一样忘不掉了。这几天我脑子里一直想的就是这个梦。我想如果我对别人说出来的话可能就不会总想着它了。所以我在这里一直等你。”

“你怎么不跟你妈说说？”

“什么？你让我跟我妈说？亏你能想得出来。我跟她一说话她就会走开，宁愿去洗她的带鱼也不跟她儿子说话。而我对着我爸的遗像，就总跟要忏悔什么似的。所以我想来想去也就只有跟你说了。”

“我感到很荣幸……”

“说真的，那真是一个奇怪的梦。以前做梦我醒来也就忘记了。可这个梦从头到尾我还记着，就好像真实发生过一样。”

他停下来，自己“嗯”了一声，仿佛在肯定自己说的话。

“好了，我不说废话了。那个梦我记得一开始我是走在一片森林里，如你见过或想象过的森林一样，它非常的美丽。蝴蝶飞旋在花丛中，甚至花朵的气味我都可以闻到。我一直走着，我要回家去。没错，在梦里我清楚地记得我是有一个家的。

“然后我看到了一条小溪，溪水流得很慢，不时还有树枝、叶子什么的从上游漂下来。我站在小溪边，往水里看了一眼——你猜怎么着，我发现我变成了一只鹿！我这才发觉我是用四肢走路的。可我在梦里并不是很害怕，甚至没有什么感觉。于是我就作为一只鹿继续朝家走。

“我的家是一个小木屋，很漂亮，这曾是我的一个梦想，住在森林的小木屋里，没想到这个梦想在梦里实现了。我走到门前，正准备用我的鹿角敲门，门突然就开了。出来的是我爸。我爸已经死了好多年了，所以再次见到他我感到很兴奋。

“我叫他‘爸爸’，可他并没有回答我，而是脸上露出了兴奋的表情。他把我妈叫了出来，我可以听见他说，‘看，一只鹿送上门了，快去拿猎枪！’然后我妈就转身进门，拿出了两支猎枪，我爸和我妈一人拿一支，向我逼近。我这才意识到不好，我向他们喊‘我是阿京啊！’可他们根本没有反应。他们慢慢举起了枪。我只能落荒而逃。

“我从来就没有跑得那么快过，像是在飞翔一样。我能感觉到脚下的小石子也跟着我一起狂奔。”

“但是我一直可以听见我爸妈在后面追赶我的脚步。我怎么甩也甩不掉。然后我就听到了开枪声。子弹就擦过我的脸——”阿京神经质地摸了摸耳朵，“我现在还记得那种灼烧感。”

“后来怎么样了呢？”我说话时望了望外面，太阳的最后一抹余晖像一只垂死的手扒在山头上不肯落下去。我感觉有点冷了，但故事还没讲完，我换了一个姿势继续听。

“我就一直跑啊跑啊，我当时就想，我爸妈养我这么大也不容易，干吗非要我的命呢？”阿京笑了一声，“最后我终于甩掉了他们。可是我发现，四周的森林不见了，变成了看不到边际的石头。我不知道自己在哪里，就像迷宫一样。我变成了一只迷失了方向的鹿。”

我钻出管子的时候，天已经黑了。我感觉身体上下一点力气也没有。我往家的方向走去。天上的月亮又圆又大，它的清辉照耀着我。我的心里挥之不去的还是阿京的那个梦，那只迷鹿。

我走到家门前，转动把手，发现门并没有锁。我走进客厅。客厅里静悄悄的。我把门关上，向着那只又老又旧的沙发走去。我太累了，我需要休息。

但我看到厨房的门是半掩着，里面站着一个人。我仔细看了看，是我爸。他独自点燃一根烟在抽着。谁也看不出他的心思。

在卧室，我看见妈妈在收拾东西。她把一个大手提箱放在床上，把每一个柜子的门都打开。她正把柜子里的一件件衣服往箱子里放。

整个屋子都静得出奇，只有妈妈那不时的一声抽泣和她收拾东西的声响。除此之外，摆在客厅的一只老式钟表还在不停地走着，发出“嘀嗒”“嘀嗒”的声音。

我突然觉得它很烦人，很不合时宜。我走过去，把它举了起来，然后猛地往地板上砸去。

我又想到了那只找不到方向的鹿。我想我也该上路了。首先，应该把那五块钱还给那位老乞丐。你是知道的，我从不食言。

图书在版编目(CIP)数据

菜市场里的老虎 / 李唐著. -- 北京 : 北京十月文艺出版社，2021.9
ISBN 978-7-5302-2136-5

Ⅰ. ①菜… Ⅱ. ①李… Ⅲ. ①寓言—作品集—中国—当代 Ⅳ. ①I277.4

中国版本图书馆CIP数据核字(2021)第046605号

菜市场里的老虎
CAISHICHANG LI DE LAOHU
李唐 著

出 版 北京出版集团
北京十月文艺出版社
地 址 北京北三环中路6号
邮 编 100120
网 址 www.bph.com.cn
发 行 新经典发行有限公司
电话 010-68423599
经 销 新华书店
印 刷 河北鹏润印刷有限公司
版 次 2021年9月第1版
2021年9月第1次印刷
开 本 787毫米×1092毫米 1/32
印 张 10
字 数 90千字
书 号 ISBN 978-7-5302-2136-5
定 价 49.80元
质量监督电话 010-58572393
如有印装质量问题，由本社负责调换。